Narratori

VALENTINA FORTICHIARI

Lezione di nuoto

Colette e Bertrand, estate 1920

SOLFERINO

SOLFERINO

www.solferinolibri.it

Questa edizione riprende la precedente pubblicazione
di Guanda (2009)

ISBN 978-88-282-1279-9
Prima edizione: luglio 2023

Lezione di nuoto

«Non nell'imperturbabilità cerco la mia salvezza. So che il brivido è il meglio dell'umanità. E per quanto il mondo cerchi di avvelenargli questo istante, l'uomo, quando è commosso, ha il senso profondo del prodigio.»

J.W. Goethe, *Faust*

A papà Enzo, nato nel 1920

«Bertrand, un pipistrello dev'essere rimasto intrappolato in camera! Dio mio, fai qualcosa Bertrand! Non posso soffrire l'idea che mi si attacchi ai capelli...»

Più spaventato della donna che urlava, l'animale sbatteva contro le pareti. Infine aveva trovato una via di fuga o forse si era nascosto, e così, in pochi istanti, il volo impazzito e disordinato aveva lasciato il posto al silenzio. La donna però si teneva ancora le mani tra i capelli, ma i suoi occhi perlustravano mobilissimi ogni angolo.

«Bertrand, Bertrand, ora i bagagli.»

Borse, valigie e un grande baule nero giacevano sparpagliati nella penombra di un atrio di legno verniciato, che odorava di barca. Odore di chiuso, come se la casa avesse imprigionato il respiro dell'inverno, umido e carico di muffe.

«Ci metto un secondo, ma lasciami aprire le finestre dappertutto. Qui si gela. Non c'è un camino? E dove trovo la legna?»

Le case che stanno chiuse a lungo trattengono la temperatura fredda, non fanno passare tepori e fiati. I muri sono scudi contro il sole. Contro ogni fonte di luce. E lei pensava alle cantine, ai cimiteri, ai luoghi di morte e di solitudine che non aveva mai amato. Rannicchiata sulla poltrona preferita, nel soggiorno al pianoterra, non si decideva a spogliarsi per muoversi con maggiore disinvoltura.

«Non farò un passo, né un gesto, né un movimento. E non parlerò, fino a che non sentirò che l'aria qui dentro si sarà fatta tiepida» pensava fra sé la donna.

Mentre le altre, Hélène e Germaine, e la piccola Bel-Gazou, sua figlia, erano tutte insieme nell'androne, strette e vicine, a tenersi compagnia contro il freddo, lei, non vista da nessuno, carezzava le pareti come era solita fare arrivando da qualche parte, ringraziando la casa di averla accolta, di aver mantenuto gli oggetti nel medesimo posto, per lei, solo per lei.

«La legna sarà di certo in solaio o in cantina!» gridava, per farsi sentire. Di solito ci sono entrambi, solai e cantine, nelle case vicino al mare. Perché devono custodire le molte cose inutili, che non trovano spazio altrove e che si abbandonano, quando si parte, e si ritrovano quando si torna. Per esempio abiti usati e vecchie scarpe. E tutto ciò che serve per affrontare l'acqua. Magari salvagenti, di cui lei non avrebbe mai avuto bisogno, remi e canoe (ma avrebbe mai usato una canoa?), oppure cianfrusaglie, delle quali dimenticarsi, avendo terminato la loro funzione di utilità per far parte del superfluo.

«Me ne starò qui a fumare, mentre gli altri faranno tutto. Hélène, Germaine, sbattete bene le coperte di pelliccia, mettetele fuori a prender aria. Oh, che noia, aprire i bagagli e sistemare...»

Per lei, Sidonie Gabrielle Colette, una sola cosa contava: che il suo scrittoio trovasse un angolo di luce adatto e confortevole, una nicchia che accoglie la gallina per le uova. Un angolo tranquillo, dove la luce si frangesse timida ma chiara e diritta, il sole dai raggi lunghi al crepuscolo che va a morire tra le sue dita corte mentre lavorano, finché, con il calare della sera, non la abbandona per tuffarsi nell'oceano. Un desiderio irresistibile di raggiungere il mare la fece alzare di scatto. Nessuno si accorse di una porta sbattuta e di una corsa verso la spiaggia. C'erano alghe, ossi di seppia, conchiglie vuote, sassi e tanti rami, rifiuti sputati sulla sabbia, come se uno spazzino avesse voluto ripulire l'oceano e setacciare le onde, minuziosamente.

Venti da nord-ovest piegavano nella stessa direzione le cime dei pini alle spalle della baia, dietro le dune, un balletto in perfetta sincronia. Il mare era acqua confusa e un ribollire disordinato di correnti. Lei si fermò incantata a guardare, quasi non lo avesse mai visto.

«Così, in tempesta, così mi piaci, furioso. Sei di nuovo qui, mi hai aspettata. Sono qui. Non hai sofferto la mia mancanza? Io sì, per questo eccomi, di nuovo. Avevo bisogno di te.»

* * *

Colette ha un modo di guardare che va diritto al fondo degli occhi. Lei, con quel suo sguardo di pioggia, di mare, difficilmente sbaglia mira. Ti sorprende quando credi di averla quasi fatta franca: lei sa leggerti l'angolo più segreto del cuore e ti mette di fronte a uno specchio. Anche quando non parla, Colette ti fa capire che non molla la presa su di te, che ti tiene in pugno.

«Detesto la gente nervosa che non sa nascondere le proprie emozioni, Hélène» dice spesso. Lei preferisce che la sua intuizione abilissima si misuri su chi mostra fondali impenetrabili. E io la lascio fare. Nella mia vita non mi è capitato spesso di avere vicino qualcuno che ti osserva costantemente, ti giudica, forse – a modo suo – si prende cura di te. Ogni persona che le capita a tiro viene posseduta e dominata. Quasi tutti la lasciano fare, come mosche che si arrendono, catturate dalla tela di un ragno solitario che decide di accudire le vittime prima di mangiarsele.

Le sue grosse dita si muovono con abilità tra i miei capelli, per pettinarli, oppure in cucina, quando è indaffarata a cucinare piatti che si inventa e varia di continuo. Le mani tessono una grafia regolare, ferma ed eretta, lievemente inclinata verso destra, piena di curve che salgono e scendono, di svolazzi arrotondati, maiuscole ornate, una scrittura d'inchiostro stesa ad asciugare su fogli di carta azzurrina, che non stancano gli occhi e di cui è molto gelosa.

L'ufficio di Colette a «Le Matin» è al quarto piano di una casa rossa in Boulevard Poissonière. La luce entra da due finestre. Sul tavolo di legno dipinto color faggio tiene un piccolo uovo di cornalina che rigira fra le dita quando si mette a pensare o quando è nervosa, una scatola di lacca rossa con placche d'avorio, un calamaio Luigi Filippo di porcellana bianca, svariate stilografiche. E carte, tante carte, manoscritti da leggere e selezionare. Alla parete due ritratti: uno di D'Annunzio con dedica e uno di Verlaine.

Ho iniziato a lavorare con lei dal mese di giugno di quest'anno e da allora Colette ha cominciato a darmi confidenzialmente del tu, anche nelle lettere che sa scrivere bellissime e affettuose. Ma io non riesco ad abbandonare il voi. Arriva alle cinque del pomeriggio, tranne il venerdì, e la sera facciamo molto tardi. Spesso la guardo, china sulle carte, con una luce che le illumina per metà il viso. So che è l'altra metà della sua faccia, quella in ombra, che possiede davvero la chiave dei suoi pensieri. I capelli color rame, sotto l'effetto della lampada, sembrano un fuoco nella semioscurità della stanza. Quando mi chiama, la sua voce ha un timbro acuto, squillante, le erre rotanti oltre il normale. Perde la pazienza in fretta se non capisco al volo la meta dei suoi desideri, ma trattiene l'irruenza sotto una specie di gentilezza controllata e distante. Spesso la calmo con una tazza di tè alla verbena oppure una cioccolata densa, che adora bollente fino a scottarsi la gola. Dice che tutto deve avere sapori aspri, intensi. Poi, con le movenze di un grande felino che si stira, mi fa capire che devo allontanarmi. È breve il momento di grazia che riesce a regalarmi. Quando avverto di essere inopportuna, mi allontano in punta di piedi, perché so che l'ispirazione la riprende, lo vedo dai suoi occhi che virano verso l'orizzonte. Ci vuole una grande forza, una grande ostinazione nella scrittura. Sensi in allerta e silenzi.

Hélène la pura, mi chiama. E ama le mie poesie. Non quelle dove spendo i miei giorni in malinconie amorose. «Non amare, bambina. Amare» dice «è la più grande sciocchezza, soffrire d'amore è inevitabile ed è uno spreco di energie che ogni donna dovrebbe imparare a risparmiare a sé e alle altre.»

Amiamo tutti in modo sbagliato. Ma se lo sapessimo dal primo vagito, niente comunque ci sarebbe risparmiato. I miei anni giovani, pieni di povertà e tristezze, erano almeno colmi di ciò che ho sempre chiamato la rincorsa. E adesso, per rincorrere il sogno di Francis, uno dei nostri amici, un uomo che ha oltre dieci anni meno di me e capelli neri, mi nascondo dietro le porte, aggrappata agli spigoli, occhi aperti e orecchie tese, invisibile ai più, veloce e leggera come una faina in cerca di preda. Posso vedere e sentire, ma se raccontassi ciò che della realtà mastico per ore, nelle mie fantasie, mi direbbero che sono uscita di senno. Mi lascio attraversare soltanto da chi è disposto a parlarmi in forma di carezza.

«Hélène, mia cara, non perdere tempo con quelle tue feroci malinconie da orfana d'affetti. Piuttosto, dimmi: abbiamo ricopiato l'ultimo racconto in tre copie almeno? Sei sicura che siano copie perfettamente leggibili? Una copia è nell'archivio? Non vorrei rischiare di perdere tutto, quando andrò a consegnare. Sono distratta, come un cormorano che si dimentica di inghiottire il pesce ancora guizzante nel becco. E tu dovresti vigilare sulla mia distrazione. Ricordi quando lasciai un manoscritto in taxi? Abbiamo raccomandato a Germaine di chiedere la data di consegna definitiva? Il lavoro a volte mi avvelena la vita, soprattutto quando non riesco a rispettare le scadenze. Hélène, hai sentito?»

Non c'è delicatezza nelle parole quando qualcuno ha il potere di irritarla. Oppure, al contrario, quando vuole nascondere i suoi autentici sentimenti. Ho sempre saputo che Bertrand, il figliastro, le è destinato e se lo prenderà con la velocità di un formichiere che spazzola da terra piccoli insetti. Eppure lo tratta con freddezza scostante, lo umilia persino davanti a tutti noi. Non c'è gioco che li veda complici, sebbene lei pregusti il momento in cui, sotto le lenzuola, lo terrà sul cuore, consolandolo di assenze impercettibili. Tra lei e Bertrand de Jouvenel trentun anni, e solo tredici fra me e Francis Carco, due numeri simmetrici che ci uniscono e ci separano, ma due donne di quarantasette anni, che possono sentirsi uguali nei sogni, e non rivali nell'idea insana di un amore così audace e più giovane di noi, che cosa hanno da dirsi quando si confidano intimità? Immagini che farebbero inorridire i benpensanti.

Francis continuerà a ignorarmi, a dispetto di tutto. Piegato e forse arreso ai tentativi di sua moglie di avere un figlio a ogni costo. Come potrei inserirmi fra quei due? Bertrand invece ha capito e aspetta, conoscendo bene la fama che circonda la matrigna, gli aneddoti sulla sua disinvoltura erotica. Ma è timido e introverso, per di più il suo cuore è perso dietro una ragazza inglese, della quale non parla mai. Lo prendiamo in giro, come si fa con gli adolescenti, solo per invidia di quella purezza, a noi preclusa da tempo. E per sempre lui inciderà nella memoria le sensazioni di questa estate del 1920, quando tutto intorno alla casa profuma di spezie e di verbena, l'aroma preferito di Colette.

Bertrand non avvicinarti: la tua storia con lei scotterà e lascerà ferite, bruciature di pelle viva. Girale attorno ma non guardare ciò che la spinge a prenderti fra le sue braccia. Le ustioni si vedranno e avrà voglia lei di frizionarti, rimpinzarti, lucidarti con la sabbia, farti abbrustolire al sole. Niente si cancella. Per i tuoi anni a venire farai voto di castità se solo ti lascerai toccare da lei. Tutto sarà diverso, nella tua perduta innocenza. Non sarai capace di tornare agli istanti in cui un amore che nasce spalanca notti bianche e rancori. La sua passione ti divorerà senza che mai lei confessi il suo amore, se non nell'istante in cui tu deciderai di lasciarla. Tiene serrate in sé le parole che vorresti udire, per dare almeno parvenza di onestà alla vostra storia così devastante per un ragazzo di soli sedici anni.

* * *

Non era visibile dalla strada la casa di Rozven, dai muri grigi, coi comignoli squadrati. E il nome «rifugio» era diventato familiare agli amici che Colette invitava in Bretagna durante l'estate: una specie di piccola colonia di affetti che si alternavano tra luglio e settembre.

Circondata da distese di campi coltivati, un boschetto di alberi la occultava alla vista. Bisognava percorrere un sentiero sterrato in direzione del mare. Quell'isolamento ne era l'attrattiva principale, insieme al silenzio, il verde attorno, la vicinanza alla spiaggia e al fatto che quest'ultima fosse raramente frequentata. Un cartello, all'imbocco del vialetto d'accesso, sottolineava il significato di quel nome celtico, scritto in due metà: Roz ven, la rosa dei venti, ma col tempo le piante, crescendo, lo avrebbero del tutto coperto. Segno dell'intenzione di precluderne l'accesso agli sconosciuti.

Colette avrebbe desiderato anche un cancello un po' discosto, ma per quale ragione chiudere un passaggio che nessuno avrebbe tentato di attraversare? Soprattutto gli animali, cani o gatti che fossero, o forse conigli, quando ve n'erano, si tenevano stretti alla padrona di casa, per niente intenzionati ad abbandonarla, nemmeno con la luna piena.

Un sentiero di sassi e sabbia si infilava nel boschetto che portava alla spiaggia come un fiume che va a gettarsi in mare. Largo e ombroso, si percorreva volentieri, lasciandosi alle spalle la luce e il caldo (nelle giornate fortunate) e penetrando in un corridoio fresco, che odorava di foglie umide e terra, in una macchia fitta di alberi d'ogni specie: dapprima un canneto, poi querce, betulle, pini marittimi, magnolie. E infine una biforcazione: a sinistra, procedendo su uno strato di ghiaia dove l'erba era riuscita a spuntare a ciuffi disordinati, si potevano raggiungere i due isolati della casa: il grande edificio e una sorta di dépendance, più piccola, quasi appoggiata al corpo principale. A destra si proseguiva sino alle dune e alla spiaggia della Touesse: dominavano le felci, folte, rigogliose, mangiandosi quasi tutto il terreno, e intorno c'erano aceri, platani, ligustri; avanzando, i passi affondavano progressivamente nella sabbia, con fatica. Quel sentiero, tuttavia, non era mai utilizzato dalla comunità di Rozven e serviva a chi, dai paesi vicini, interrompendo le attività di lavoro nell'ora più calda, avesse avuto voglia e tempo di fare un bagno oppure di andare a pescare. Colette e i suoi amici, tenendosi a debita distanza, potevano scendere a mare attraverso un prato in pendenza, oppure raggiungendo il costone roccioso dove era stata scavata una scaletta dai gradini grossolani, in verità poco sicura.

La casa di Rozven dominava la baia dall'alto e la si poteva vedere solo dall'ultimo tratto di spiaggia, adiacente le rocce, sulla quale si affacciavano le grandi finestre sul retro, quasi sempre spalancate. Una posizione davvero perfetta. Colette ne andava fiera e si era anche coltivato un vasto appezzamento di terra, un declivio dove faceva crescere fiori di ogni varietà, e persino un orto, con l'aiuto di un giardiniere. Al mattino il sole non colpiva la parte posteriore della casa: i raggi cominciavano ad accarezzarne i muri, pieni di rampicanti, solo quando erano al culmine, nel primissimo pomeriggio.

Le istruzioni per gli ospiti erano scrupolose: col treno da Parigi si doveva scendere a Saint-Malo, poi raggiungere il paese di Saint-Coulomb con una vettura a cavalli e chiedere informazioni sulla casa di Rozven al negoziante di stoffe vicino alla chiesa. Ma a piedi e con bagagli era impossibile arrivarci. Quasi sempre, avvertita in tempo dell'orario d'arrivo, lei mandava in paese un autista con una Renouhard scoperta.

* * *

Bertrand aveva muscoli forti, il giro tornito della spalla, che è fondamentale per i nuotatori, e la linea allungata della coscia, che si induriva sotto le carezze. Colette guardava quel suo giovane figliastro che l'aveva seguita forse malvolentieri al mare, e le veniva da pensare che qualcosa doveva pur inventarsi per distrarlo.

Durante il loro primo incontro nella casa di Parigi, nel salotto semibuio che dava sul giardino, aveva dovuto stanarlo dall'angolo vicino alla porta-finestra, dietro il pianoforte, dove s'era rifugiato con un mazzolino di fiori. «Dov'è il bambino?» e lui, non sapendo come chiamarla, era incapace di risponderle. Questa reticenza le era piaciuta e non aveva mancato di notare un disagio: certamente sua madre, Claire Boas, aveva insistito perché andasse a conoscere Colette, a farsi conoscere, forzando una confidenza familiare, non ancora spontanea. Suo padre, Henry de Jouvenel, il secondo marito di Colette, si teneva a distanza, piuttosto indifferente a quei traffici di affetti.

Bertrand fumava di nascosto le sue sigarette ma aveva polmoni possenti. Il fiato se lo faceva ogni mattina correndo sulla spiaggia deserta, quando il sole era ancora basso e non scaldava. La falcata lunga e lenta, armoniosa. E lei lo guardava dalle grandi finestre affacciate sul mare, fumando, appena alzata da lenzuola di seta.

Perché non insegnargli a nuotare, e già sorrideva al pensiero che lui avrebbe scosso la testa, no no no, e lei avrebbe dovuto insistere e pregarlo: «Su, Bertrand, a me non si dice di no, lo sai. Ti prometto che ti piacerà...». Sorrideva e aspirava, mentre con gli occhi lo divorava, lontana, attraverso le vetrate.

Scelsero una mattina tiepida, un poco ventosa, come era frequente nel tratto di costa fra Saint-Malo e Cancale. E, camminando a piedi nudi sull'erba, si avviarono al mare con stuoie di paglia e asciugamani da stendere al sole. Non c'era nessuno, tranne un pescatore solitario nell'angolo della baia, e dunque avrebbero potuto agire indisturbati, almeno la prima volta.

Lui entrò correndo, lei si bagnava polsi e nuca. E poi si immerse calma e sinuosa come un animale marino impigrito.

«Ma è gelida!» Bertrand urlò. E intanto si massaggiava le braccia.

«Avanti, andiamo, non può che farti bene.» Colette lo spingeva al largo.

Raggiunsero un punto dove l'acqua arrivava alle spalle.

«Su, Bertrand, mio caro, scivola disteso e immergi la testa e soffia dalla bocca e dal naso tutta l'aria che hai nei polmoni, lentamente. Voglio vedere le guance gonfiarsi e ribollire l'acqua davanti alla tua faccia. E poi le gambe, immerse completamente, muovile senza piegarle, il piede teso. E allora, solo allora, vai con le braccia, come ti ho mostrato. Coraggio, caro. Fammi vedere cosa sai fare.»

Lui non la prendeva sul serio e fingeva di annegare, di bere acqua, di agitarsi, ma intanto guardava il suo corpo, le curve che il costume disegnava. Lei si spazientì, lo afferrò per le spalle e lo scuoteva, poi fece scendere acqua sui capelli dal palmo inclinato e gli fece una carezza lieve sulla nuca.

Eccolo allungarsi in acqua, nel fiore degli anni, agile e temerario, ma l'affondo del braccio era eccessivo e lo sbilanciava. Così non poteva respirare bene e l'affanno della bracciata lo avrebbe messo in agitazione, scoordinandolo.

«Bertrand, guardami, e sta' bene attento...» E scivolò sulla superficie come se carezzasse l'acqua senza fenderla. Si muoveva con grazia, ma rapida tra le onde appena increspate, respirava, e il suo capo procedeva diritto.

Bertrand rise e ricadde con un tonfo. «Non ce la farò mai. Ti prego, lasciamo perdere...»

Lei avrebbe insistito per giorni, fintanto che il sole non gli avrebbe cotto la pelle e dato al corpo un colore brunito e biondo insieme.

***

La camera di Colette era gialla come il grano maturo. Era il colore del sole, lei stessa lo aveva voluto. Quando lei e Missy avevano acquistato la grande casa di Rozven nel 1910, non avevano trovato un'intesa sul colore da dare alle pareti. I muri erano un po' scrostati e pallidi. Colette amava il rosso. Rosso come il carminio col quale accendeva le labbra. Rosso come una bocca che si offre a un bacio anche se resta chiusa. Ma Missy non aveva dato seguito a quel desiderio, benché piuttosto incline a concedere tutto alla sua protetta. Vegliava su di lei, sul suo lavoro, sulla sua scrittura come una sorta di Gulliver nelle fattezze di gigante, ingombrante ma innocuo, che ha il privilegio di guardare dall'alto un mondo di piccoli esseri senza mistero, attento a non calpestarli. Alla fine si erano messe d'accordo per un colore polenta che poteva mettere allegria anche ai sassi e alle indoli umane un po' riflessive: Missy aveva controllato che la mano non spalmasse pennellate troppo dense di vernice.

Colette, dal suo letto, si era guardata intorno la prima volta con lo stupore di chi si compiace della propria idea un po' stravagante. Coricandosi, le pareva di nuotare in una vasca di sabbia ocra (nella farina di polenta le piaceva – da piccola – immergere le mani, sentire i granelli minuti tra le dita).

Missy aveva pazienza nelle lunghe ore in cui Colette si metteva al tavolo da lavoro a riempire fogli con metodo. La guardava per capire in quali territori la sua testa, folta di capelli e ben disegnata, potesse sconfinare sino a creare storie, e come queste si concretizzassero attraverso la scrittura. Quando Colette era stanca di scrivere, scolpiva il corpo con attrezzi ginnici rudimentali, la sua palestra portatile: mentre volteggiava sul trapezio senza particolari virtuosismi, le mani dell'amica accompagnavano qualche acrobazia un po' azzardata, perché non si facesse male, non prendesse una storta con quelle sue caviglie un po' fragili per quanto di forma robusta.

«Missy, avevo caldo e smaniavo, stanotte. Ho dormito all'aperto sul materasso di rafia. Ma ho fatto un sogno orribile: mi trovavo in un mondo muto, dove gli altri parlavano, senza alcun rumore. Io non ero affatto sorda: facevo prove per capire se potevo percepire i suoni da me prodotti, e infatti sentivo la mia voce. Tutti parlavano muovendo tranquillamente le labbra, come di consueto, e accompagnando le parole con la mimica. Ma non usciva alcun suono. Comprendi il dramma, Missy? Non poter comunicare e starmene sola, isolata. Ero io l'unica voce sonora, ma incapace di udire, sorda a ogni individuo.» Missy taceva, con l'aria rassicurante di chi sa ascoltare e si limita a questo.

Quando si erano separate, e all'orizzonte già si profilava la figura di Henry de Jouvenel, Missy le aveva lasciato la casa delle vacanze ma aveva portato con sé alcuni mobili antichi; la stanza di Colette, più spoglia, era migliorata. Quel colore giallo di pesca matura risaltava a pareti nude. Anche se, con il passare degli anni, sbiadiva. Certi spazi non vennero mai riempiti, ma Colette avrebbe continuato a vedere le sagome ben disegnate degli oggetti scomparsi e a pensare così, di tanto in tanto, a Missy.

***

Il fascino di un uomo che si va formando sotto i tratti ancora acerbi di un adolescente, questo aveva Bertrand: una donchisciottesca bruttezza, una fronte alta, un naso ossuto e solenne, grandi occhi cerchiati, grande bocca generosa, denti quadrati e solidi, colorito diseguale, mento infiammato da qualche macchiolina, solcato da una fossetta. Le attenzioni, le cure di Colette col tempo avrebbero addolcito il suo sguardo, ammorbidito quel viso, così pure i gesti e la voce. Aveva una voce in perenne evoluzione, a volte acuta, sonoramente incerta, a volte profonda e modulata, piena di sfumature. Sulla soglia dei vent'anni avrebbe maturato la sua trasformazione e l'amore di Colette, mai detto, avrebbe avuto gran parte in tale cambiamento. Tra le sopracciglia un piccolo solco gli dava un'aria severa, una densità espressiva: prendeva tutto sul serio, con l'orgoglio intransigente tipico della sua età. Relativamente docile, abituato alla massima libertà interiore, non permetteva a nessuno di imporgli opinioni o amicizie. Non si doveva scherzare troppo su di lui; in aggiunta i favori di Colette facevano sì che da lei assimilasse una certa fierezza, una disponibilità affettuosa e socievole, che tuttavia teneva a distanza gli altri e stabiliva confini.

Prendeva spesso con sé la sorellastra Bel-Gazou, una bambina di otto anni, e andavano insieme alla baia quando la bassa marea formava un dislivello consistente: la spiaggia triplicava in estensione, per il primo tratto scendendo verso il mare, formando una piega profonda che la divideva esattamente a metà. Una spiaggia in declivio tra i bagliori di cento piccoli specchi d'acqua su cui rimbalzava il sole. La depressione marina faceva affiorare al largo numerosi scogli rocciosi, disseminati qua e là, e si poteva persino arrivare a piedi sino alla baia adiacente, di norma separata da un braccio di mare piuttosto profondo. Da questa baia, due volte in tutto il mese, poteva capitare di raggiungere una lingua di sabbia emergente, sottile e allungata, con acqua bassa e ondine bianche spumose, che si protendeva per molti metri in mezzo al mare. Da lontano, l'effetto era quello di veder camminare sulle acque. Era laggiù che Bertrand e Bel-Gazou si spingevano a cercare granchi neri e conchiglie, a pescare con le reticelle alghe, oloturie, gamberetti, mentre intorno a loro persone armate di rastrello scavavano un solco a bordi rivoltati, dove andavano a caccia di piccoli pesci guizzanti da afferrare vivi (ci volevano occhio e prontezza) e ammassare in secchielli, buoni per frittate probabilmente. Bel-Gazou contava i passi ad alta voce e teneva per mano Bertrand, cui si era affezionata oltre ogni misura: il bisogno d'affetto della bambina, trascurata dai genitori, quasi sempre separati, affidata a governanti non del tutto disposte a adottarla, la rendevano fragile sotto un'apparenza di indomita autonomia.

Ben presto Bel-Gazou era presa da noia e voleva cambiare gioco. Di colpo era capace di abbandonare il suo piccolo grande fratello, come lo chiamava, e gettarsi in acqua. Nuotava con la sua forza mascolina come un cucciolo di delfino e non c'era verso di riportarla a riva. Bertrand non la perdeva di vista e spesso lanciava richiami, che lei regolarmente ignorava.

Quando arrivava la grande tempesta da nord, con mille cavalloni bianchi sfrenati, Bertrand portava Bel-Gazou a camminare sul sentiero parallelo al mare, su collinette verdi. Lei soffriva di vertigini e lo aspettava seduta ogni volta che lui si spingeva sul costone roccioso, a picco sul baratro. Da lì Bertrand le faceva segno di venire a guardare dall'alto la spiaggia della Touesse e i tetti della casa di Rozven, e dall'altra parte una baia molto più vasta, un ampio proscenio di acque ferme, dove il giallo ocra della sabbia spiccava, separato dal mare grigio da una sottile linea bianca increspata. Ma lei faceva cenno di no col capo. Lungo il percorso le piaceva invece staccare gambi di una pianta grassa, con aghi carnosi di foglie verde chiaro e, al culmine, piccoli fiorellini a stella, arancioni, disposti a raggiera. Li coglieva per sua madre. Ai lati del sentiero, cespugli di fragole selvatiche, mirtilli, ribes, che immancabilmente Bertrand le diceva di non mangiare, ma Bel-Gazou, non vista, dietro di lui, se li infilava in bocca. In certi punti il sentiero si restringeva e la bambina tornava a casa con le gambe graffiate da spine di rovi.

Aveva una voglia selvaggia e indisciplinata di movimento, una energia che neppure di sera si placava. Impossibile tenerla ferma e questo stancava la madre, che non amava avere intorno a sé bambini irriverenti o eccessivamente espansivi, e rumorosi, con quei loro strilli da uccellino, soprattutto nelle ore del riposo o della scrittura. «Non si fanno domande a una madre che lavora, mia cara signorina» le diceva Colette. Hélène Picard provava allora a insegnarle il ricamo, ma la bambina si prestava docile solo per un tempo limitato e poi scivolava giù dal divano, curvando la schiena, nell'atto di un capriccio senza suoni. Scompariva e dopo un'ora tornava sudatissima, i capelli fradici sulla nuca, la fronte piena di goccioline: Germaine Beaumont aveva cura di lavarla, asciugarla, cambiarla. Calmarla. Tuono di Dio, come la chiamava a volte la madre, se ne era andata a correre nei campi, a perdifiato. E, al ritorno, dava rare spiegazioni, con quella falsa lealtà nello sguardo che tanto incanta nei bambini. Testarda come i bambini che desiderano e provocano uno schiaffo.

Bertrand, immerso nei suoi libri di matematica e di

filosofia, teneva d'occhio la situazione, pronto a intervenire solo se fra madre e figlia nascevano schermaglie, abile nel placare Colette se i suoi toni si alzavano troppo. Fin da piccolo, quando sua madre, Claire Boas, si contrapponeva a Henry de Jouvenel, nelle fasi conclusive di un matrimonio che stava andando in pezzi, sapeva fare da paciere, mediava fra i due che ben presto si detestarono. Non amava i conflitti, la violenza verbale: le sue capacità diplomatiche, probabilmente ereditate dal padre, facevano leva su un autocontrollo mai compromesso.

***

«Bertrand, corri! Subito! Presto, Bertrand! C'è un arcobaleno che disegna un ponte magico tra le nuvole. Un arcobaleno spezzato in un punto, come se ci fosse passata un'aquila dalle ali immense!» Bel-Gazou, di solito silenziosa, aveva riempito le stanze della sua meravigliata scoperta.

Bertrand si stava lavando i denti, chino sul lavandino piccolo, dove spesso urtava coi gomiti. Dal suo orecchio scendeva un ragno, le gambe lunghe e sottili come aghi, il corpo minuscolo, appeso al filo trasparente di saliva che sapeva produrre. Penzolava nel vuoto e il ragazzo era rimasto immobile a guardare come sarebbe finita tra loro.

«Bertrand, corri, può scomparire da un momento all'altro. Corri, ti prego!»

Il ragno si era fermato, forse i due si guardavano adesso e l'animale era indeciso sul da farsi. La bocca di Bertrand spalancata, colma di pasta dentifricia.

Bertrand comparve con un telo bianco in mano: «Sai cosa mi è capitato? Un ragnetto mi ha tenuto compagnia mentre lavavo i denti».

«Un ragno ti teneva compagnia?»

«Sì, un piccolo ragno si calava dal mio orecchio, dove non so come sia finito...»

«Non l'avrai ucciso, spero?»

«Perché? Avrei dovuto?»

«Certamente no. E ora dov'è?»

«Credo nel fondo del lavabo. E poi sino al mare, attraverso l'acqua. I ragni sanno nuotare. Io no.»

«Avresti dovuto metterlo in uno scatolino. E noi lo avremmo nutrito. Mamma, cosa mangiano i ragni?»

Germaine rispose al posto di Colette: «Occhi di serpente e zampe di gallina».

«Bertrand, il tuo ragno mangia occhi di serpente, zampe di gallina. E voleva mangiarsi il tuo orecchio.»

«Ragazzina, dov'è il tuo arcobaleno?»

«Lo ha inghiottito una balena. Che ora incontrerà un brutto ragno peloso, e lui finirà nella sua bocca aperta.»

«Allora, anche il mio orecchio finirà lì, con il ragno.»

«Sei sordo adesso, Bertrand?»

«Ci sento con l'altro orecchio. Me ne basta uno per sentire le tue sciocchezze, bambina.»

Intanto Bel-Gazou si era messa a disegnare un fiore, un ragno e un uovo e, quand'ebbe terminato, sotto scrisse una frase: «Ho preso un ragno che fra le zampe aveva un uovo enorme e gli ho dato molti insetti, li ha uccisi quasi tutti. E ho lasciato andare il ragno».

* * *

Colette era più bella quand'era triste piuttosto che quando rideva. Ma ciò che di lei colpiva era quel suo sguardo di sbieco, con la pupilla d'angolo. Il mento abbassato, lanciava la sua sfida senza parlare, tutta occhi, tenendo i palmi uniti vicino alla bocca. E ci si poteva aspettare giudizi taglienti, invece, dopo lunghi minuti di silenzio, arrivava la frase più dolce.

«Farò di te un uomo, Bertrand» disse il primo giorno a Rozven. Il ragazzo non sapeva cosa intendesse dire. Notava che quando lui rideva dimostrava dodici anni, ma lo guardava negli occhi, come un adulto. «Sei brutto quando ridi, Bertrand. Sei brutto spesso» diceva. «La tua è un'età molto difficile per un ragazzo, diventerai probabilmente un bell'uomo, ma adesso sei solo un brutto anatroccolo.» Bertrand odiava quel periodo lungo e difficile della sua adolescenza, aveva fretta di crescere, di invecchiare. Perché non poteva avere subito venticinque anni? Quando se ne stava per poco da solo, fantasticava di un possesso, da adolescente timido, ma insieme da uomo esigente. Era perfettamente consapevole di piacerle: quando sapeva di vento e di aria libera, accaldato dalla corsa, la bocca lucida, i capelli in disordine. Lei guardava le sue gambe, le ginocchia. E lui capiva, sentiva che qualcosa si animava sotto la parvenza di un contegno quasi indifferente. Diventava inquieto: non era abituato alla semplicità di una vacanza al mare, alla vita di un gruppo di adulti che discutevano spesso di letteratura, di letture, di teatro. La bocca di Colette, alla quale il suo sguardo andava e riandava, il cataclisma delle sue braccia nude, ancora belle, e muscolose fino al polso tornito, le ascelle dai peli folti portavano distruzione nel suo universo tranquillo. Pensava all'uso che l'amore poteva farne, con l'implacabilità di una passione che stava sbocciando. Scoppiava in singhiozzi, quando non poteva essere visto, piangeva, incapace di accettare che tutto dovesse ancora succedere. Aveva il diritto di amare e dunque di soffrire?

Si guardava allo specchio: sul suo labbro stava spuntando una lanugine fine, la prima peluria. Aveva solo sedici anni e mezzo, anni che ancora lo trattenevano al di qua della virilità. Sentiva, all'altezza del cuore, una piccola contrazione dolorosa. Un insulso calore allo stomaco e le gambe tremanti. Ecco l'avvertimento, l'albore di un pericolo. Gli si potevano leggere negli occhi le fantasie, le emozioni nutrite dal suo desiderio?

***

«Spingersi, urtarsi per le strade di Parigi sembra essere diventato lo sport nazionale» si lamentava Hélène a tavola. «Eppure spazi non ne mancano. Vorreste farmi credere che siamo diventati una folla a caccia di angoli isolati? Avete notato gli sguardi frettolosi e indifferenti degli estranei che vi sfiorano? Solo in casi rari un indugio curioso, una corrente strana passa attraverso gli occhi di qualcuno che vi guarda, una scintilla indica che ci si è riconosciuti, forse ricordati. E quello che detesto è l'arroganza di chi – dopo averti dato una spallata – neppure ti chiede scusa. Nell'indifferenza generale, nel gennaio di quest'anno particolarmente gelido, se n'è andato Amedeo Modigliani, seguito dalla sua Jeanne. Come hanno potuto morire così giovani? Lui, trentasei anni, è morto in ospedale; lei, ventidue non ancora compiuti, incinta di otto mesi, si è gettata all'alba dalla finestra del quinto piano, nella casa dei genitori. Lo sapevate, vero? Questo mi fa pensare a quanto sia orribile finire così, da soli. Chi sarà vicino a me, quando morirò? Che ne sarà di me e, soprattutto, come morirò?» Hélène aveva uno sguardo di bambina e in certe espressioni sembrava la più giovane.

«Dio mio, ci penseremo un po' più avanti, vero cara? Detesto la morte. La morte non mi interessa, nemmeno la mia.» Colette sparecchiava la tavola e commentava. «Per di più la morte non dovrebbe mai essere una cosa pubblica. Avresti una cosa più sana e divertente da raccontarci, Hélène? Quanto a Modigliani, in effetti Francis Carco, che si intende di arte più di tutti noi, mi aveva proposto di comprare dei suoi quadri, che non ho mai visto. Io preferisco le giovani donne nude, dalle natiche provocanti, con il loro vitino di vespa, gli occhi bordati di nero, degli acquerelli di André Dignimont, il grande Dig, che si muove coi suoi pennelli fra i caffè parigini. Ma un giorno mi è capitato di vedere la luce, la vera luce e sapete qual è? È la luce che il pittore Caillebotte è riuscito a mettere nei suoi quadri: qualcuno ha presente i piallatori di parquet o Parigi in un giorno di pioggia con passanti e ombrelli?»

Nessuno rispose.

«E adesso, fanciulle, siamo qui e nessuno ci ascolta: con chi faremo coricare il nostro Bertrand per farne un uomo, come si era stabilito? Germaine, io penso che dovresti sacrificarti tu. Con quei tuoi occhi dolci, i capelli color castagna e la carnagione di madreperla, sembrerai un angelo delicato al nostro ragazzo. Del resto tu hai solo ventisette anni, la tua carne è molto più giovane della nostra e scommetto che non sarà affatto un sacrificio. Che ne dici? Va bene per una delle prossime notti? Quando i grilli taceranno, se taceranno, io ed Hélène ci ritireremo a un segnale concordato e voi due, insieme... Germaine, hai compreso?»

Bertrand, non lontano, sentiva le donne bisbigliare e ridere, mentre cucivano o ricamavano. Evitò di entrare in cucina, capiva che l'oggetto delle confabulazioni era lui. Ma fece in tempo a udire bene le ultime frasi di Colette. «Accontentati, mi raccomando, di una tentazione passeggera, e soddisfala. Di cosa si può essere più sicuri che di ciò che si tiene tra le braccia? Abbiamo così poche occasioni di possedere qualcosa, vero amiche mie?»

***

Colette mandò Bertrand e Germaine al mercato del pesce di Cancale, perché cominciassero a familiarizzare. Dopo aver vagato in macchina per una serie di vicoli stretti, dove si persero, l'autista li scaricò vicino alla chiesa. Finalmente raggiunsero a piedi il lungomare, camminando per una strada in discesa. Germaine lo precedeva a passo sostenuto: Bertrand guardava le sue natiche pensando al ritmo alternato e perfetto delle palle che un giocoliere lancia in aria e riagguanta. Si distrasse davanti a una vetrina che esponeva acquerelli con soggetti marini, e lei dovette tornare indietro e prenderlo per mano. In quel momento si accorse che non amava essere toccato, perlomeno non da Germaine: la mano sudava in quella di lei e lui non sapeva come sottrarsi a quel contatto.

Trovò il pretesto di chinarsi per sistemare una stringa della scarpa slacciata. Le vide una espressione di tranquilla indulgenza, un moto di simpatia nel sorriso.

Germaine si muoveva con disinvoltura fra i banchi che esponevano crostacei: si fermava spesso e ne misurava la qualità, confrontando, chiedendo, annusando. C'era un viavai di gente, pescatori in riva a sistemare reti; barche e barconi arenati, come fossero stati sorpresi dalla bassa marea e costretti all'immobilità, pesantemente impiantati nel fango, inclinati di lato e appoggiati a chiglie o pali, incrostati di telline. Mentre le stava accanto con la lenta pigrizia di chi è incapace di rendersi utile, lei scelse il suo bottino di ostriche, cozze e una quantità mista di mitili, e gli affidò le borse, infilandosi in un negozietto di oggetti di legno dove acquistò un gabbiano colorato d'azzurro, sorretto da una sola gamba su un piedistallo quadrato. «È per la bambina» disse semplicemente «la mia bambina, la piccola Colette Bel-Gazou.»

Due giorni dopo, finita la cena, quando tutti si stavano ritirando, Bertrand seguì in camera Germaine con riluttanza. Lo fece con un misto di curiosità e di malcelato senso del dovere. Tutto ciò che Colette voleva da lui aveva il potere di piegarlo, di renderlo morbido e disponibile; lei ne andava formando indole e desideri, quel complesso di scelte, di decisioni, meditate in un uomo adulto, ma ingenue, istintive per un adolescente.

Germaine gli voltava le spalle e armeggiava presso un comò scuro. Poteva vederla in viso nello specchio e quando lei alzò gli occhi i loro sguardi si incontrarono, indirettamente.

«Siedi, Bertrand» gli disse. E subito lo raggiunse, sul bordo del letto, con un piccolo vassoio, dove aveva posato due bicchieri colmi di sidro.

«Ne vuoi?» lui non rispose e bevvero nel medesimo istante, senza girarsi l'uno verso l'altra.

Quando deposero i bicchieri, il vassoio restò fra i due, oggetto di una distanza non percettibile.

Germaine parlava di sua madre, che la febbre spagnola si era portata via due anni prima, del fatto che Colette ne aveva preso il posto come madre spirituale; della sua relazione, appena interrotta, con un uomo sposato, più vecchio di vent'anni. Si guardavano e lui notava le sue mani, che spesso gesticolavano in aria, accompagnando i discorsi. Germaine parlava ininterrottamente, pareva volesse a tutti i costi riempire ogni spazio di silenzio. Lui stava zitto e ascoltava. Una faccia piatta, gli venne da pensare, e non sapeva da cosa gli era nata quell'idea, ma, mentre lo pensava, si era lasciato baciare. Il viso di lei si era avvicinato, senza parole, improvvisamente, ma le labbra di lui rimanevano serrate.

«Bertrand, hai mai fatto l'amore?»

«No, e non credo di...»

«Rilassati, Bertrand. Vediamo come questa notte possa trascorrere senza rubarti del tutto i tuoi sonni di ragazzo che forse preferisce ignorare e rimanere innocente ancora a lungo. È così? Vorresti sdraiarti qui, accanto a me?» Lei parlava con dolcezza e intanto gli carezzava le ginocchia.

Da quel momento Bertrand non riuscì a capire come Germaine potesse prendersi cura di lui, con mani abili ma quasi materne, avrebbe raccontato più tardi a Colette, e soprattutto con la consapevolezza di una resistenza passiva che non c'era modo di sciogliere.

Disteso, con un po' di rossore in viso, guardava il soffitto, si lasciava spogliare e toccare, ma si incupiva sempre più su quell'ossessione di una faccia piatta che non gli rimandava emozioni. Nelle settimane a seguire, la distanza fra loro avrebbe continuato a marcare una lieve sprezzatura di lui, per di più impacciata nel ricordo dei corpi nudi che si erano conosciuti senza potersi unire. Bertrand capiva che Germaine era stata più che generosa, si era prodigata, ma questo non era stato sufficiente a ispirargli alcuna attrazione. L'arrendevolezza non venne, nemmeno attraverso le parole che Germaine gli sussurrava, paziente e sollecita al suo compito di fare di lui un uomo che impara i gesti dell'amore. Il corpo del ragazzo rimaneva rigido.

Così, impassibile, impenetrabile alla seduzione della giovane donna che non gli piaceva, con il peso di un fallimento di cui si sentiva responsabile, pur senza provare sensi di colpa, uscì dalla stanza, depresso e infelice nel cuore della notte, impaziente di recuperare il sonno. In cima alla scala, appoggiata al corrimano, come lo avesse da sempre aspettato, Colette lo guardava.

«Tienilo saldo» gli disse, alludendo al lume che lui aveva in mano.

Quando le fu accanto, porse la guancia per un bacio. Lei arrivò subito alla bocca. Poi, gli cinse la vita con un braccio e lui, tremando incontrollabilmente, la seguì.

***

Hélène tornò a Rozven, dopo due giorni di assenza, con un viso smunto. Si muoveva con piccoli passi silenziosi e senza peso, come quelli di un bambino. Durante le conversazioni, non partecipava e guardava lontano, oltre i vetri, assente.

«Ci sei?» le diceva Colette, con quei suoi modi spicci, estremi, apparentemente bruschi, quando sentiva odore di malinconia. «Di' un po', sei tra le nuvole?» E poi in disparte, prendendo le mani nelle sue: «Guardami, bambina. Ne hai combinata una delle tue, lo vedo dagli occhi, che si sono appena ritratti da qualcosa che non avrebbero dovuto conoscere e ne portano ancora immagini impresse profondamente. Non ti piace che ti faccia delle domande, ma a volte io sono un po' indiscreta. Mi basterebbe esplorare il fondo delle tue pupille per sapere. Ma non lo farò. Sei complice di tutto ciò che ti fa soffrire». E poi uno schiaffo leggero sulla guancia, improvviso e bene assestato, ma inoffensivo. Inatteso. «Respira, Hélène. Adesso respira. Sorridimi.» Uno schiaffo sonoro, ma calmo come una carezza, sufficiente a far scendere le lacrime, da giorni trattenute.

«La vita è complicata, ma bisogna pur vivere. Non devi piangere, proprio non lo sopporto. Ora, andiamo, mia piccola amica, devi aiutarmi. Aspetto la visita di uno che viene a portarmi quei vestiti che ci facemmo cucire dal negoziante di stoffe di Saint-Coulomb, ricordi? Devi controllare che le misure siano quelle stabilite, le stoffe accostate come nei nostri disegni e che non ci abbiano prese in giro, lavorando di corsa per consegnare e incassare. Ecco, bussano... Dove ho messo i soldi?»

Qualcuno lo aveva già fatto entrare. Era un uomo orribile, ma gentile e delicato, non giovane, non vecchio, di bassa statura. La sua testa, piegata di lato, era abbassata all'ingiù, il mento appoggiato allo sterno, una gobba alta nella schiena lo costringeva a uno sforzo immane per guardare in faccia l'interlocutore e anche solo per camminare. Tutta la spalla destra sembrava sorreggere a fatica ciò che la natura aveva modificato così tragicamente, fosse stata la nascita traumatica oppure un incidente che aveva corretto una postura dove il capo dovrebbe essere eretto, al centro delle spalle, come in tutti gli esseri umani che stanno in piedi, fieri o umili, ma ben diritti a fronteggiare ciò che gli si para davanti. Un uomo da guardare, con un misto di attrazione e di repulsione. Ma Colette lo fissava troppo, senza dire una parola, quasi inchinandosi lei stessa, inconsapevolmente, come ci si abbassa verso bambini di piccola statura perché il viso sia all'altezza del loro viso e parlare abbia il senso di una parità. Allora Hélène con le sue piccole mani prese dagli avambracci distesi dell'uomo il pacco avvolto in una carta stropicciata, e disse in fretta qualcosa, come «Grazie. Perfetto. E ora le lasciamo quanto dovuto. Se ci permette soltanto di controllare che tutto sia a posto...».

«Perfetto, non direi...» mormorava a bassa voce Colette. Ma l'uomo, in una torsione probabilmente dolorosa, alzando il mento, il viso in diagonale, dal basso si era messo a fissare Hélène, che notò le pupille azzurro acqua, negli angoli degli occhi, accaniti nel tentativo di recuperare immagini normali, diritte. L'uomo annuiva, e aveva una massa di capelli tra biondo e grigio, cresciuti un po' selvaggiamente.

«Ho provato l'istinto di carezzargli la testa» avrebbe detto Hélène, più tardi, «se non fosse che tutto poteva sembrare assurdamente pietoso. Ma quell'uomo, con occhi così chiari e innocenti, forse non conosce nulla che possa provargli di non essere solo e scansato come un animale rognoso. Avete notato cosa deve costargli stare come sta? Potrà mai riposare, reclinare sul cuscino quel suo capo così malandato e fare le cose elementari che tutti noi facciamo?»

Qualche giorno dopo, pressata dalle domande di Colette, Hélène ammise che aveva incontrato Francis. Lo aveva cercato lei. E lui, un po' reticente e controvoglia, da Parigi l'aveva raggiunta in un albergo a Saint-Malo, dove avevano preteso la camera con la finestra sul mare. Una sola notte, in compagnia del rombo monotono e vicinissimo di onde furiose contro gli spalti, nel pieno dell'alta marea. Una notte turbolenta, con il respiro corto di chi sa che non può trattenere confessioni (lei), ammissioni (lui). I linguaggi non si incontravano e neppure ogni legittima spiegazione che ciascuno aveva meditato in precedenza, lei con precisione maniacale, lui con l'approssimazione di chi non vuole sentire ragioni opposte al proprio egoismo insolente. Una notte intera a parlare, a voce alta, a tratti gridando, a combattere territori e battaglie senza artigli, a discutere di cuore e di carne, di sogni e di menzogne, di nobiltà e bassezze. Senza toccarsi: cosa gli sarebbe costato poggiare il palmo o l'orecchio su quel suo cuore ferito, che batteva come un corridore senza fiato, e dirle che almeno capiva, che non poteva farci nulla?

Al mattino, dopo un breve sonno agitato per entrambi, su letti che avevano scostato appena, come due coniugi diventati casti per noia, spalancate le imposte, sul davanzale era atterrato un gabbiano. Hélène aveva portato di sopra biscotti di una colazione non consumata, in muta contemplazione davanti a Francis sempre vorace, come se il suo digiuno avesse potuto punirlo, e cominciò a sbriciolarne e sparpagliarne frammenti. Ma il gabbiano si fece più insistente, il suo occhio giallo rapace non mostrava nulla di mansueto. Si prese da solo un biscotto e lei ritrasse le dita, pensando che si sarebbe voltata e in quel preciso istante avrebbe pronunciato ingiurie. Il gabbiano, instabile sul bordo estremo del davanzale, arretrò perdendo l'equilibrio e aprendo istintivamente le ali.

Tacque a Colette come si era conclusa la scena in quella camera: lei, supina, sotto il peso di lui, che la immobilizzava con entrambe le braccia, gridandole di smettere, di sparire, di lasciarlo in pace. Lei che aveva vissuto la sensazione, irreale, di una penetrazione violenta, di una resa, di tutto ciò che – dopo la lotta dei corpi – dà sfinimento. Ma non era certa che fosse accaduto davvero, preferiva credere di aver sognato.

«Soffrire è qualcosa di puerile» commentò secca Colette «una specie di passatempo senza dignità. Voglio dire soffrire per un uomo quando si è donna. È un vero tormento. Riconosco che è difficile da sopportare. Ma ho proprio paura che questo tipo di dolore non meriti alcun riguardo.» Hélène pensò che Colette si sbagliava e che non poteva emettere giudizi a caso, senza conoscere i termini della questione. Il suo dolore era sacrosanto, nessuno sarebbe stato in grado di capire, neppure l'oggetto delle sue pene. In amore non c'è nulla che si possa decidere di fare o non fare, nessuna strada è tracciata. L'ineluttabilità dell'amore e del dolore: le venne in mente questo mentre si guardava allo specchio.

Francis Carco arrivò a Rozven, il giorno dopo, come se nulla fosse, salutando tutti con grandi effusioni e gioia. La moglie era già al suo fianco.

***

Caro Francis, non sei persona dotata di grazia. La grazia è un grumo nascosto, che va cercato, tirato fuori da profondità insospettate. La grazia ha a che fare con sentimenti fragili. Delicati. Con un modo di attenzione che ti è poco congeniale. L'ho sempre saputo. Ma non riesco a imparare qualcosa dai miei errori. La tua leggerezza, che ti fa nobile nella scrittura, è amorale. Dico grazia (una parola che amo) e ricompare il sole sulla costa, dove le onde si spezzano in spuma bianca. Il perenne moto e respiro del mare. Tutto torna e tornerà. Tutto cambia e resta uguale. Dentro e fuori di me. Dentro e fuori di te.

«Ciò che non mi uccide, mi rende più forte» ha detto Nietzsche. A volte è stato così, per me. Ma adesso è tutto più difficile. Sai, le note audaci e insieme malinconiche (che di me e della mia scrittura non ti piacciono) mi permettono di toccare la grazia. Sono parte di me e per niente al mondo potrei rinunciarvi. Con la malinconia coltivo la mia attitudine all'ascolto. So ascoltare. Ho voluto ascoltarti. Ho passato molto del mio tempo ad ascoltarti. Tu non hai speso nessuna delle tue energie per cercare di scoprirmi, conoscermi.

Scriverti è evocarti. Se scrivo, sei qui. Riappari. Ti sento. Ti vedo. Non ti ho, non posso averti. Scriverti? Perché mai? Per uscire da questo silenzio compatto, che di notte – se mi sveglio – toglie il respiro. Perché non dirti ciò che penso, ciò che provo? Come vivo, come cerco di vivere, amare, di comprendere, di tornare ai sogni? Che mi importa del niente e del tutto? Neppure della tua insofferenza. L'insolenza del disamore. Scriverti non implica niente. Non cambia nulla e non vuole cambiare nulla.

Scrivere, parlare, è ciò che so fare. Mi è indispensabile per dare senso e utilità a ciò che faccio. An-

che tu sei abile con le parole. Mi scrivesti una dedica bellissima su una raccolta poetica, ricordi? «A Hélène che vede le parole, le piega, le accarezza. Con affetto, Francis.» Mi illudesti di poter essere amata. Giocavi con le parole.

Tre notti fa, in cucina, insonne. Un cono di luce faceva giorno su una porzione del tavolo. Mi sono affacciata, dentro quel cono. Luna piena, irresistibile. Se avessi avuto le ali, avrei spiccato il volo. Sentivo come una chiamata, difficile dire bene, una spinta ad andare via, quasi un dolore. È questo che deve provare un'aquila dalle vette, quando si lancia. O anche una colomba. Io preferisco l'aquila.

Tu sei quello che sei. Non peggiore, non migliore. L'ho sempre saputo. Va bene così, giusto così. Me la prendo semmai con me stessa, con la mia ostinazione a fingere di non capire. Le tue mezze verità, le ammissioni reticenti. Avrei dovuto intuire le menzogne. La confessione, la ritrattazione, che dava un suono fesso, come quando si picchia un muro vuoto dietro. Non mi ami. Non mi hai mai amata. Hai finto. Sei geniale nell'arte della dissimulazione.

Sei quello che sei. Lo so. Posso essere anch'io così? Vorrei provarci. Capire cosa si prova a essere narici spalancate, sempre, per cogliere tutto. Tutti i vizi del mondo. Solo questi ti emozionano. La tua curiosità. La tua attitudine prensile.

Vorrei essere un po' così. Ma nel cuore mi sento palombara. Amo immergermi, in amore, scandagliare fondali. Fermarmi, non accontentarmi di consumare storie. Di questo forse hai avuto paura. Come se io potessi rubarti l'anima, interferire nelle tue scelte, nella tua vita, minacciare i tuoi desideri. Nulla di tutto questo. Ti volevo amare e basta.

Ti disprezzo e ti amo. Noi uguali e sempre diversi. Così diversi, così uguali.

Hélène Picard

***

Se ne stavano tutti nella grande cucina a pianoterra, a prendere tè e caffè. Qualcuno in piedi, altri seduti. Muovendosi come animali pigri dietro le sbarre, spostandosi lentamente, senza urtarsi, e muti. Quando una casa si sveglia al mattino, si risparmiano parole. C'è intorno un'aria sospesa, di letti appena abbandonati, di sogni appena interrotti. Ognuno si attiene a un patto di silenzio che va rispettato, alla lentezza dei gesti che evitano rumori. Al massimo si bisbiglia, ma cosa in fondo si ha da dire quando ancora i pensieri non hanno fatto ordine e la padrona di casa dà regole che invitano alla calma?

Ecco, le tazze si vanno accumulando una sull'altra nel lavatoio, qualcuno si stira, cancellando tutti gli angoli, ma ancora nessuna decisione sull'andamento del giorno viene presa; ci si guarda, sorridendo appena. Le donne indossano ridicoli camicioni squadrati, di seta e cotone, con un buco per la testa e orli sghembi, cuciti malamente ai fianchi. La passione di Colette, che amava confezionarli di persona. Gli uomini mostrano nudità oscene, porzioni di quei loro sessi ridicoli a riposo che occhieggiano da pantaloncini sformati dal sonno.

Nella stanza di sopra, Bel-Gazou lanciò un grido, non vedendo nessuno, pronunciò un nome, che nessuno raccolse, e poi scese assonnata, calda se la si fosse voluta abbracciare, stropicciandosi gli occhi. «Benvenuta fra noi» le disse Bertrand, prendendola sulle ginocchia, con l'aria protettiva che a volte un maschio adolescente sa mostrare nei confronti di una bambina. Lei restò lì, accorgendosi che gli adulti erano sospesi in un'aria di assenza e insieme di complicità. «Ho sognato che ero salita su un melo e che gridavo "Viva la Francia"» disse, con le sue guance rotonde. Nessuno commentò.

Non c'era gioco più impaziente che il fare nulla, mentre fuori si preparava una giornata di sole, annunciata da raggi obliqui e ancora deboli dai vetri senza tende, dalle finestre non spalancate. «E allora, amici miei, cosa prevede il programma di oggi? Ce ne andiamo tutti alla spiaggia o andiamo in gita da qualche parte, nei dintorni? Oppure ginnastica-ginnastica-ginnastica per tutti? E che i pigri ne siano avvertiti.» Francis si fregava le mani, sottolineando il suo desiderio di rompere gli indugi. Quella calma non gli piaceva: sapeva bene come, nell'inattività, gli arrivassero pensieri non sempre allegri.

«Due piccioni hanno fatto il nido sopra la porta che dà sul giardino del retro» annunciò Hélène, inascoltata.

Fu allora che rientrò nella stanza Colette, che si era allontanata un momento. Brandiva un paio di forbici, con la serietà di un chirurgo che si appresti a operare. Si avvicinò a Hélène di spalle e, prima che questa potesse fiatare, con un colpo netto le tagliò le due grosse crocchie sopra le orecchie. Il tutto avvenne rapidamente, sotto gli occhi increduli di chi le stava intorno.

«Ti avevo detto che non mi piacevano quei tuoi capelli da pazza sulla fronte saggia. Adesso hai guadagnato un'aria bohémienne e un lussureggiante fogliame di riccioli.»

Hélène si toccò ai lati delle orecchie e lacrime silenziose cominciarono a scendere, poi fuggì in bagno per non farsi guardare. Bel-Gazou si mise a ridere maliziosamente, Bertrand la assecondava. Colette aveva l'espressione soddisfatta di chi meditava da tempo un'azione che andava compiuta.

«Coraggio, non statevene lì impalati, ce ne andiamo al mercato a fare la spesa. Dobbiamo comprare meloni, pesche, fichi fioroni, prosciutti, formaggi, una torta di mandorle e un buon vino giovane di Cavalaire, lo voglio con un retrogusto di legno di cedro. Chi mi accompagna? Bel-Gazou corri a vestirti e smettila di ridere. Se non vuoi finire anche tu sotto le mie forbici. Oh, come scotta la tua fronte. Avrai la febbre, monella. Quando sei malata, è come se mi facessi del male. Capisci, caro il mio ragazzo Bel-Gazou?»

Colette raggiunse Hélène in bagno. «Smettila di disperarti. Andava fatto. Ne converrai con me, fra qualche giorno. Non mi dirai che hai perduto la tua forza con i capelli, non mi dirai che ti eri affezionata a quella chioma assurda, così scomoda con questo caldo estivo? E poi la moda prevede capelli a caschetto, non te n'eri accorta? Vieni qui che ti aggiusto, un altro piccolo taglio e ammetterai che non mi sono sbagliata. Ti piacerai tu stessa. Ma via, non fare quell'espressione afflitta, come se ti avessi tagliato un braccio! E ricorda che non si piange davanti a nessuno. Guarda, Hélène, guardati allo specchio. Non vedi che bambinetta sembri adesso?» «Mi viene la nausea. Siete una strega.» «E tu che hai da dirmi di una lettera non spedita, che ho trovato per caso in un cassetto?»

***

La prima volta che si baciarono Bertrand teneva gli occhi chiusi. Colette lo guardava. Poi lui dovette percepire lo sguardo di lei, vicinissimo, e aprì gli occhi. Ciò che vide dovette in parte sgomentarlo. Colette si intenerì, glielo fece capire: i suoi calmi occhi insondabili mutarono in una espressione commossa, tra languore e seduzione. Lui sostenne lo sguardo. Lei sussurrò diminutivi affettuosi. Ripresero a baciarsi, sdraiati sul fianco, uno di fronte all'altra, mentre lei lo attirava contro il proprio corpo. Il bacio era lento, dalle labbra all'interno della bocca, e gli occhi continuavano a guardarsi. Sarebbe stato così, sempre. Occhi dentro occhi, a parlarsi, mentre i sapori si mescolavano e ognuno conosceva la propria emozione: uno spasmo tutt'altro che doloroso allo stomaco, un calore che sale alle tempie.

«Le parole non dicono, in questi casi. Le parole nascondono. Non devi meravigliarti di questo silenzio, Bertrand. Le dita toccano, accarezzano e se non lo fai tu, lo farò io per te. La pelle si incrocia, assaggia, si incontra, come le nostre lingue. Come le mani. Stai tremando?»

E lenta, più lenta di un'alba che stenta a farsi varco contro la notte, Colette cominciò il suo lavoro meticoloso. Non c'erano richiami né spiegazioni. Il lavoro dei corpi che si fa la prima volta lascia spazi inesplorati, pause, stupori, ritirate. Un adattamento progressivo e reciproco. Deve formarsi un odore nuovo, che non somiglia a nessun altro, un aroma mai assaporato, annusato prima. Un afrore amaro e salino.

Bertrand tornava al bacio, perché gli sembrava più facile e insieme più esaltante, ma lasciava che lei lo toccasse dappertutto. Cominciando dai capelli, una capigliatura liscia e ricca, che a Colette non era mai capitato di accarezzare.

«Sono cinque i nostri sensi, Bertrand. Fanne buon uso. Usali tutti.»

E poi qualcosa, qualcosa di indefinibile, la frescura umida di un bacio all'inguine, lo pervase e non seppe dire a se stesso, né mai avrebbe saputo dire ad altri, se il piacere potesse superare la gioia della scoperta o fosse il contrario.

Lasciò che il tempo scorresse, interminabile ma rapidissimo nella sua percezione e, dopo aver preso lo spazio necessario ad ascoltare la sensualità di Colette, a sentire con tutti i sensi, si sollevò lievemente sul fianco, scavalcò una gamba di lei come se avesse sempre saputo cosa fare. Nel centro perfetto dell'altro corpo, aderendo a lei, le mani sotto la sua nuca, i gomiti puntati, le stava sopra e la penetrò adagio, lo sguardo di nuovo sgomento, sebbene potesse dominarla, mentre Colette sorrideva. Fu allora che li vide bene quei grandi occhi di lei, occhi belli come quelli di un animale, pieni di anima fino all'orlo e di tristezza.

Due giorni dopo, sulla spiaggia, la piccola fessura tra le gambe di Bel-Gazou senza costume, che aveva visto altre volte senza emozione, lo fece trasalire al pensiero della propria verginità perduta.

***

Verso mezzogiorno, alla spiaggia arrivano anche Colette e Bertrand. Io me ne sto sdraiata a guardare il cielo. Ci sono due strati di nuvole: un fondale fisso, immobile e alto, di nembi sfilacciati, bianchissimi, che lasciano intravedere sprazzi di cielo azzurro, e uno strato sottostante di vapore di nubi, che viaggia a gran velocità. Al punto che, fissandolo, si ha l'impressione che la terra si muova con la medesima rapidità. Non ho mai volato, ma se potessi e fossi capace di guidare io stessa un velivolo, mi infilerei nel corridoio d'aria pulita che li separa.

Fingo di dormire. Smaltisco il dolore per i miei capelli rovinosamente accorciati. I loro passi sollevano appena la sabbia, accanto a me. Mi ignorano. L'alta marea ha portato l'acqua vicina, tanta acqua che non si sa quasi da dove venga, come possa crescere così. La giornata è mutevole e il sole fa rare apparizioni. Continuo a togliere e rimettere il maglione.

Supina, posso udire bene le loro voci: il vento le porta chiare nella mia direzione.

«Cosa senti sotto i piedi, Bertrand? Non è la prima volta che entri in acqua in questi luoghi, ma adesso guarda tutto con attenzione e cerca anche di sentire con la pelle. Cosa stai calpestando?»

«Sabbia molle, piccoli sassi, filamenti viscidi...»

«Vai avanti, ancora. Il piede affonda? È liscio il letto del mare, cosa senti?»

«Ci sono avvallamenti, piccole salite e buche. Onde di sabbia, ondine dalle gobbe dure e dopo il piede affonda in uno strato molle, fangoso, e a tratti le alghe mi prendono le caviglie.»

«Camminiamo sino a che l'acqua ti arriva alle ginocchia. Vedi come si è alzato il livello del mare? Ora bagnati i polsi e la nuca.»

Mi metto seduta a guardarli. Lei lo tiene per mano e lui si lascia condurre. Quando l'acqua è all'altezza del cuore, ha inizio la lezione di nuoto. Lei lo fa distendere, e, standogli accanto, gli regge la schiena, ma l'altra mano tiene la sua nuca come si tiene un neonato dalla testa delicata. E, facendolo galleggiare, cammina per insegnargli l'abbandono calmo della posizione supina e i corretti movimenti delle gambe.

«Rilassati, Bertrand. Non stare rigido. Su, io ti tengo. Lo vedi, galleggi, lo senti? Tieni le gambe distese, tendi i muscoli della pancia, dell'addome. Non alzare la testa...»

Ma Bertrand vuole guardarsi i piedi e alza il capo. Colette lo lascia andare per mostrargli che la posizione della testa è fondamentale nel galleggiamento. Lui si piega e quasi va sott'acqua a bere. Poi, di nuovo in piedi, si liscia i capelli, soffia il naso, e sorride di un sorriso aperto e disarmante, allargando le braccia.

«Appoggia la testa sulla superficie come su un cuscino e fatti sostenere dall'acqua: puoi rimanere in questa posizione in eterno, godendoti lo spettacolo del cielo. Disteso, Bertrand, come se dormissi nel tuo letto. L'acqua ti sostiene, sai, se ti fidi e ti lasci andare. Se invece alzi il capo, le tue gambe scendono e tutto il tuo corpo si sbilancerà. Su, ragazzo mio, riprova: ti tengo ancora un poco io e poi mollo la presa, e tu fai come ti dico e lì resta, con le braccia e le gambe completamente rilassate. Ci siamo?»

Ancora le sue mani e le braccia a sostenerlo delicatamente. E, dopo il distacco, Bertrand rimane sospeso e con gli occhi si sforza di guardare in alto, su su, sopra le nuvole e al di là di esse, perché ha deciso che non può assolutamente deluderla. Lascia che l'acqua salata gli riempia le orecchie di un silenzio rimbombante. Una piccola nube copre il sole alto. Riesce a tenere la posizione per pochi minuti, con le braccia aperte come un Cristo, ma quando grido «Che allievo meraviglioso!», avviandomi verso di loro, lo faccio affondare.

«Hélène, vuoi provarci tu? Mi hai distratto e lo hai fatto apposta. Dispettosa Hélène. Io non so se riuscirò mai a nuotare.»

«Sei bravo in qualcos'altro...» bisbiglia Colette adagio, quasi ridendo. «Bisogna avere pazienza, vero Hélène? Molta pazienza, con questi giovanotti inesperti.» E poi, rivolta a lui: «Il nuoto non si impara spontaneamente. Ci vuole una tecnica, come andare in bicicletta. Se non si impara la tecnica, si rischiano movimenti disastrosi».

Bertrand non ha più voglia di mettersi sul dorso. Colette si allontana da noi con qualche bracciata possente e, mentre noi due risaliamo a riva, lui si fa serio di colpo, si volta a guardarla e rimane così, per pochi istanti. Con una espressione concentrata e malinconica.

Gabbiani si gettano in acqua a piombo, chiudendo le ali, assumendo la forma di siluri. A volte cambiano traiettoria all'ultimo minuto, facendo finte cadute corrette in virate repentine e risalite a volo spiegato, o sorvolamenti bassi sul mare, le pance che quasi sfiorano la superficie.

Nel pomeriggio, Bertrand vorrebbe riprovare da solo, con la bassa marea, ripassando la lezione di galleggiamento. Ma un banco di nebbia, venuto dal largo, abborda la costa, verso le cinque. Una nuvola di vapore che non fa distinguere i contorni del mare e la linea dell'orizzonte. Pare una giornata quasi autunnale e nella casa si parla piano. Ce ne stiamo a distanza uno dall'altro, annoiati, mentre Colette è al lavoro da ore in camera. Francis e Germaine Carco se ne stanno appartati da qualche parte, ma, anche se non lo vedo, lui per me è un pensiero continuo. Germaine Beaumont fa leggere Bel-Gazou, da un libro di esercitazioni scolastiche. «Sii leggera e gentile e premurosa con tutti coloro che ti accolgono così bene e con un cuore così affettuoso» le ha raccomandato la madre, prima di ritirarsi. Ma lei pensa di non contare nulla, sa di non avere diritto ai suoi moti di tenerezza. So e sento bene dentro di me ciò che sta rimuginando. Lo vedo dalla sua espressione persa nel vuoto. Sono un errore e non posso farci nulla, dice tra sé, con l'intuizione di una bambina-adulta, senza mai perdere quel riserbo, quella discrezione e libertà tipici dell'infanzia.

Bertrand sonnecchia sul divano, le gambe nude già ambrate, lunghe e magre, distese e appoggiate sul tavolino basso di vetro, elegante nel suo maglione bianco da tennista, con scollo a v bordato di blu.

Attraverso le finestre mi accorgo che la nuvola ha cancellato persino la vista degli alberi e che la giornata ha preso un colore lattiginoso. Dopo qualche ora, Colette, di nuovo in mezzo a noi, affaticata ma serena, ci avverte: «Qui in Bretagna ci si deve abituare alle virate atmosferiche. Non fate quelle facce tristi. Alle sette vi dico che lo spettacolo cambierà ancora una volta».

Puntuale, come aveva previsto, il cielo si apre in un tramonto limpidissimo. Lei annoda il grembiule sopra il costume e va in cucina, seguita da Bel-Gazou e dai suoi animali.

«Mamma, cosa prepari? Lo sai che preferisco la carne bianca di pollo, e i piccioni, ma non mi piacciono i piselli in umido. Vorrei pâté d'oca con il burro. E dopo, il latte.» «E poi che altro, signorina Colette? Non sei al ristorante!» «Avete bisogno di me?» chiedo a Colette, con il mio ricamo mezzo incominciato. In quel momento entra nella stanza Francis: ha una cravatta a farfalla, da pittore, che gli ha regalato il nostro amico Léopold Marchand (che ci farà una cravatta così sulla camiciola estiva?). E l'aria di chi non ha riposato affatto. Colette lo vede e mi risponde: «No, Hélène, non muoverti. Resta qui a controllare la situazione». Credo di averla vista strizzarmi un occhio, ma sono certa di essermi sbagliata. Intanto Germaine Beaumont e Bel-Gazou si allontanano. Resto sola coi due uomini, che spesso stanno insieme, complici. A volte giocano alla guerra, una specie di gioco di simulazione che diverte molto Bertrand.

Francis va a sedersi accanto a Bertrand. Lo posso vedere con la coda dell'occhio. Non lo guardo, non riesco a guardarlo, ma lo vedo continuamente. Ho paura che la mia faccia stia cadendo e che lui noti gli anelli di Venere sul mio collo, le pieghe dove l'abbronzatura non ha potuto penetrare, la triplice collana di pelle bianca, che affonda ogni giorno di più nella carne. Ogni giorno controllo il mio viso sotto la luce impietosa della lampada e non mi viene altro da pensare che ai lucenti capelli fulvi di sua moglie Germaine, che vuole da lui un bambino, e ai loro gesti d'amore. La stupida idiozia degli innamorati che non risparmiano intimità pubbliche.

Com'era Francis quando amava Katherine Mansfield, non più tardi di cinque anni fa? Ventisettenne, già grassottello, col suo faccione tondo, i capelli impomatati e ben pettinati, il naso grosso, la bocca sensuale e attraente, a dispetto dei denti neri, quante sciocchezze le avrà raccontato per conquistarla, questo genio della menzogna, volgare quanto basta per incuriosirla, e cialtrone? Eppure Colette dice che Francis sa come si parla a una donna. Chissà se Germaine Carco conosce la vicenda o preferisce ignorare. Continuo a chiedermi che cosa di lui mi attrae. L'eleganza nel vestire, i suoi modi melliflui? La capacità di stare sempre al centro dell'attenzione? È piccolo e vanesio quanto basta a insinuare curiosità in tutti coloro che gli stanno vicino. Eccolo, sta imbambolando persino Bertrand coi suoi ricordi d'infanzia a Noumea, nella Nuova Caledonia, dove da bambino assisteva alle esecuzioni capitali senza batter ciglio, per mano al padre. Caro Francis Carcopino-Tousoli, come avrai fatto a nascere così lontano, nei mari australiani, mezzo italiano e mezzo francese, e perché non sei rimasto laggiù? Quale maleficio mi hai fatto, da cui non riesco a liberarmi? Quale stregoneria?

Bertrand ti ascolta come se raccontassi fiabe, mio scrittore dei bassifondi. Stai facendo un riassunto della tua vita: Nizza, l'incontro con Matisse, le frequentazioni e gli oggetti artistici che tu stesso inventavi. Cosa mai ti fa pensare che Bertrand abbia voglia di ascoltare la tua storia? Te ne stai sprofondato nel divano, dove sei solito lasciare la forma calda del tuo corpo, e la tua mano stringe la caviglia. Immerso nel chiacchiericcio vano che sai alimentare: «Noi altri scrittorucoli siamo i soli a non poter cantare lavorando», ti stai lamentando. Bertrand, di colpo rianimato, si è voltato dalla tua parte. «Colette dice che scrivere porta solo a scrivere, ma, al contrario di lei, schiava delle scadenze improrogabili, io mi affanno sulle pagine, che si riempiono adagio e a volte non si riempiono affatto. Sto incollato per ore tra la sedia e la scrivania, e divago, inconcludente.»

I miei occhi si spostano raramente nella tua direzione, Francis, amato oltre ogni irragionevole saggezza. Eppure continuo a vederti, ad ascoltarti. Sto ingarbugliando i fili colorati del mio ricamo, facendo mille nodi inestricabili, come la nostra storia, pur di non perdere una virgola delle tue parole.

«Scrissi un romanzo a vent'anni, in gergo. Tu lo conosci, vero Hélène? (e adesso perché mi tiri in ballo?). *Jésus la Caille*, la storia di un omosessuale nel 1914. A Parigi incontrai Katherine Mansfield (ecco la tua conquista eccellente, sapevo che l'avresti nominata, lo dici apposta), innamorandomene subito, cominciai una corrispondenza epistolare con lei, tornata in Inghilterra. Nel febbraio 1915 ero soldato al fronte, lei venne a trovarmi in zona di guerra a Gray. La nostra fu una fuga d'amore. Non facemmo che ridere e baciarci. Lei, che era nata in Nuova Zelanda, non si stancava mai quando per ore le raccontavo del mare che vedevo da bambino, sporgendomi dal pontile: il mare, i pesci e il luccichio delle conchiglie. Il mio romanzo non ebbe un gran successo, ma ottenne di farmi appassionare ancora di più alla malavita. Mi piace spingermi fra la gente di malaffare, mi ci trovo bene, adoro osservarli, mescolarmi a loro, assimilarne il linguaggio, i modi di dire.»

«Ne ha una visione talmente romantica...» interviene Colette, appoggiata allo spigolo della porta. Non ci eravamo accorti di lei, che si inserisce subito nel racconto.

«Ti abbiamo detto, Bertrand, che rischio abbiamo corso insieme, io e Francis? Lui mi portava sempre con sé nei suoi vagabondaggi notturni a Parigi, in quartieri non proprio eleganti. Una volta, passeggiando, finimmo in un vicolo cieco. Era tardi e buio. Non c'era anima viva. A un tratto un gruppo di magnaccia e di teppisti, sbucati da chissà dove, ci furono alle calcagna e ci inseguirono per derubarci sino a Place Pigalle, dove finalmente incontrammo dei flic. Mi presi uno spavento colossale. Per fortuna, non portavo mai con me denaro o gioielli. Ero completamente senza fiato, senza parole, non aprii bocca sino al mattino.»

«Questo non fu poi tanto male» Francis dice sottovoce, ma Colette, voltando le spalle, fingendo di non sentire, se ne torna in cucina, con uno strofinaccio in mano. «Le mie mani sanno di aglio» dice annusando i polpastrelli «ne impregnerò anche le mie carte.»

Francis mi guarda di sottecchi e si rivolge di nuovo a Bertrand. Quando la moglie non c'è, diventa più frivolo e allegro, e in vena di confessioni: «Il mio amico Colette non mi segue più nelle mie scorribande, la capisco. Io adoro questi anni folli parigini, trasgressivi quanto basta per perderci la testa. Nonostante tutto, continuo a mescolarmi alla vita vera. Mi serve per contrastare la serietà del mio lavoro di agente letterario. Sono sempre stato dalla parte dei vinti, dei perdenti forse; i condannati a morte a Noumea mi ispiravano una profonda malinconia, il mio cuore cominciò presto a battere all'unisono con il loro terrore, con le loro emozioni. E così è oggi, negli ambienti dove annuso dissipazione».

Mio Francis, cacciatore di sguardi, che io cerco di eludere, e bon vivant, lo so che in fondo stai parlando anche per me, che sono qui. Sarà perché hai capito che mi esercito a smettere di disperarmi e di interessarmi a te, mio brutto ragazzaccio dal cuore d'oro. Come avrà capito Katherine Mansfield di non amarti più, fuggendo lontana come avesse di colpo visto in te l'orrore? Forse comprese che sapevi mentire voluttuosamente, instancabilmente, quasi involontariamente.

***

Partirono in macchina, il mattino dopo, scortate da Jean, l'autista, su una limousine blu. Le tre donne, Colette, Hélène Picard e Germaine Beaumont volevano andare a Saint-Malo; portarono Bel-Gazou, lasciarono a casa i Carco e Bertrand, afflitto da una infreddatura per il vento che il giorno prima spazzava la baia.

Era una giornata di cieli mobili e bassi, un mantello di nuvole nere che scorrazzavano senza ordine apparente, a volte sembrava addirittura che si muovessero in direzioni opposte, urtandosi, formando combinazioni, disegni, figure e poi ricomponendosi. Non prometteva niente di buono e la piccola era irascibile e intrattabile. Si era messa fra Hélène e Germaine e teneva il broncio. Il viso scuro, i capelli nerissimi, con la frangetta squadrata a segnarle la fronte corrucciata.

Jean canticchiava a voce bassa e Colette se ne stava semisdraiata sul sedile anteriore.

«Guarda che buffi alberi con quei pon pon sparsi di verde addensato, come piumini per la cipria. Non ti pare lo scherzo di un ramo che mette foglie qua e là in una sola volta per risparmiare tempo e poi si pente e ricomincia daccapo da un'altra parte? A cosa ti fanno pensare, bambina?» fece notare Germaine.

Tenendo le braccia conserte, Bel-Gazou rispose che lei ci vedeva tanti nidi folti ma abbandonati.

«E perché mai abbandonati?» Colette si mise di sbieco per intervenire.

«Mamma, io non saprei. Però sono sicura che sono vuoti. Se ne sono andati tutti.»

«In questa stagione? Mica emigrano d'estate, gli uccelli. Ma che dici?»

«Si mettono la cipria, sono alberi imbellettati, te lo dico io» intervenne Hélène.

La conversazione languì quasi subito. Le donne si erano messe a guardare il paesaggio, assorte, fissando le distese dei campi coltivati, le mucche sdraiate nei prati a ruminare e i cavalli coi loro puledri dalle gambe malferme. Bel-Gazou appoggiò la testa sul grembo di Hélène e i piedi nudi sulle ginocchia di Germaine.

«Ma che ne hai fatto delle tue scarpe? Dove le hai lasciate? Sei salita in macchina a piedi nudi? E ora come faremo?»

«Le scarpe mi fanno proprio schifo. Cammino a piedi nudi per rendere forti i miei piedi.»

«Camminerà scalza, come lei adora» di nuovo Colette, che apparentemente era distratta, invece non si perdeva mai una parola, «e starà bene attenta a dove metterà i suoi piedi nudi. Ma non siamo dirette a Saint-Malo anche per procurarci quelle spadriglie tutte colorate, che io ho consumato l'estate scorsa?»

«Ma certo, Colette. Però non dimenticatevi i miei

merletti. Io devo passare dal negozio dei pizzi, vicino le mura» rammentò Hélène.

«Mamma, io voglio due sacchetti di palline, uno con le biglie di vetro e l'altro con le biglie di pietra. Per favore, per favore, per favore...» e già si era tirata su, di nuovo seduta, le guance paffute quasi rosse come pomodori maturi.

«Mie belle signore, mi dovreste dire dove volete andare esattamente. Magari vi lascio all'entrata del paese e ci diamo un appuntamento. Quante ore pensate di fermarvi?» si inserì l'autista.

«Mio dio, Jean. Come facciamo a saperlo?» Colette lo guardava con la coda dell'occhio, perché non aveva voglia di voltarsi dalla sua parte. «Dovrete avere pazienza, tanta pazienza. Non ci capita spesso di andare a Saint-Malo. Io, per esempio, voglio vedere le ceramiche e comprare le Galettes de Bretagne, quei biscotti al burro che poi tutte mi divorate, vero *mesdames*? Ci aspetterete alla caffetteria o schiaccerete un pisolino in auto, che ne dite?»

Ma già la sua mente divagava e con la matita segnò un appunto in un librettino dalla copertina nera, che aveva infilato nella borsa di paglia all'ultimo minuto.

Un cespuglio isolato e di un verde scuro foltissimo, sul ciglio della strada, aveva assunto una forma incantevole e bizzarra, un semiarco che si protendeva da una sola parte, sulla strada, in un abbraccio che avrebbe messo anni a raggiungere il lato opposto. Veniva istintivo abbassare la testa, ma forse qualche giardiniere lo aveva potato dandogli una convessità rotondeggiante nella parte bassa.

Cominciava a scendere una pioggia sottile e la macchina andava più adagio. In queste condizioni avrebbero percorso la distanza in un'ora o poco meno. Erano impazienti e Colette più delle altre. Pensava a Bertrand, solo a casa, e già le mancava. Appena la sera prima tutto era successo e si sentiva sulla pelle un aroma inconfondibile: i suoi capelli ne erano impregnati e a ogni lieve moto del capo lo odorava, le pareva di averlo vicino (il mio ragazzo diventato uomo, con quale grazia e serietà... pensava).

Il ragazzo a casa, chino sullo scrittoio di Colette, ne sbirciava le carte. Se lei lo avesse saputo, si sarebbe di sicuro imbestialita. Si era portato una manciata di fogli azzurri nella biblioteca e leggeva. «Sempre l'amore, l'amore, l'amore» le avrebbe detto, ancora rispettoso di una certa distanza fra loro, in soggezione, ma già sicuro di un giudizio perentorio. Come suo padre, Henry de Jouvenel, avrebbe sempre pensato che il torbido ambiente di *Chéri* e delle Claudine gli dava ai nervi. «Oh, *Chéri* è un romanzetto su gente infelice che quasi non è degna di soffrire» aveva detto Colette, regalandogli una copia del libro con dedica «a mio figlio Chéri Bertrand de Jouvenel.» «L'amore non si può descrivere, non si può parlarne» polemizzava Bertrand audace, per quanto non del tutto esperto d'amore. Colette socchiudeva le palpebre, come un gatto che reprime una ribellione selvatica, senza smettere di affilare le unghie.

Nel frattempo l'auto con le donne silenziose a bordo costeggiava il lungomare di Saint-Malo, un lunghissimo arenile dove la sabbia, battuta dai venti, si era indurita e specchi d'acqua estesi, dopo che il mare si era ritirato, riflettevano luci e ombre di nuvole, in passaggio veloce.

«Fermiamoci» implorò Bel-Gazou. «Voglio camminare sulla spiaggia. Ho lasciato a casa le scarpe per questo. Mamma, voglio camminare lungo la riva! Qui è lunghissima, sembra non finire mai. Posso contare i passi all'infinito. Non è come a Rozven.»

«Non se ne parla neppure. Abbiamo mille cose da fare. Non cominciare con le tue lagne. E poi è tardi. Andiamo, Jean, più in fretta, su su.» L'autista stava rallentando.

Scesero alla porta St. Vincent, il passaggio per la città vecchia, Jean rimase a guardarle passare svelte attraverso l'arco dei bastioni, in granito grigio, non lontano dal Castello. Venditori di molluschi, con i loro carretti allineati, erano pronti a rubarsi clienti, ma nessuno si fermava.

«Uno, due, tre... ventuno, ventidue... trentacinque...»

«Oh, non cominciare con questa tua mania di contar passi, Bel-Gazou. Vorresti stare zitta? Ti comprerò una pasta di mela calda.»

«E le biglie, mamma. Cinquantuno, cinquantadue... settanta! I passi su questo pavimento di grosse pietre valgono il doppio, sai? Ma sto attenta a non calpestare le righe.»

Hélène si staccò dal gruppetto, senza neppure salutare, infilandosi in un vicolo laterale; le altre proseguirono diritto, sino al venditore di spadriglie.

Fu dal ceramista che Colette sostò un tempo incalcolabile, vagliando forme e colori dei piatti senza decidersi a comprare. Germaine prese per mano la bambina, che adesso indossava spadriglie rigorosamente bianche (non c'era stato verso di convincerla a scegliere un colore, «non voglio colori» ripeteva, «le sporcherai subito», «le voglio bianche»), e si allontanarono di poco, verso il banchetto di dolciumi e crêpe. Colette, con il suo grande cesto colmo di pacchetti fragili, dovette spazientirsi di non trovarle fuori dal negozio. Per fortuna aveva smesso di piovere, ma i parapioggia le ingombravano le mani.

Finalmente riunite, camminavano fermandosi più volte, ovunque le note musicali degli artisti di strada le richiamassero. Erano suonatori ambulanti che a Bel-Gazou piacevano moltissimo: danzatori, mimi, persino un mangiatore di fuoco. «Doveva essere così nel Medio Evo, quando tutti si esibivano all'aperto» notò Hélène, mentre, sedute a un caffè, consumavano una merenda leggera. «A chi vuoi dare la tua moneta, bambola?» chiese Germaine. Bel-Gazou non staccava gli occhi da un suonatore solitario: «Scelgo quel vecchio sporco e barbuto, seduto per terra, nell'angolo, che suona la cornamusa: il barbone mendicante».

«Andiamo, ragazze, è tempo di tornare, il nostro autista ci starà aspettando» fece notare Colette, con la sua voce di bronzo.

Se ne tornarono verso le quattro del pomeriggio al luogo fissato con Jean, ma lui non si faceva vedere e Colette era già in collera. Il grande piccolo ragazzo, il mio Bertrand, sarà in pensiero per noi, pensava. E poi lei per prima lo vide sotto l'ombra di un tiglio, poco discosto dalla strada principale, addormentato in macchina. «Jean, Jean, dove vi eravate cacciato? Non vi si poteva quasi scorgere dal vialetto!»

«Mamma, ho contato milletrecento passi. Quanti metri saranno?» Bel-Gazou, esaltata, saltellava per mano a Germaine.

Ripresero la strada di ritorno entusiaste degli acquisti. Hélène passava e ripassava fra le mani i suoi merletti color del tè. Bel-Gazou aveva adocchiato in vetrina una scatola che portava scritto in lettere d'oro «il piccolo postino di città». «Mamma, potrò averla per Natale?» Ma a quel punto Germaine sorprese tutte estraendo da un involucro di carta una sfera di vetro soffiato che conteneva al suo interno un fiore dai petali di colore bruno, il contorno dei pistilli sottili e gocce di cristallo sospese intorno, e ne fece dono a Colette. «Oh, un sulfure! Li adoro, grazie, mia giovane amica. Hai avuto un pensiero davvero gentile.»

Discorsi di donne, pensò l'autista, chiedendo timidamente: «Mi permettete di fumare?».

«Il mio leopardo agile e pieno di stupore, che domani ancora nuoterà e finirà la giornata fra le mie braccia» passò per la mente a Colette: una immagine lampo che si sovrappose, senza interromperle, alle chiacchiere e all'animazione, mentre tornavano a casa.

***

«Stasera preparerò quattro pollastrelli spaccati a metà, battuti col piatto dell'accetta, salati, pepati, aspersi d'olio puro spruzzato con un rametto di timo, che lascia alla carne rosolata il suo sapore e le sue foglioline, e per finire una deliziosa ile flottante. Oh, il cibo, la prima difesa contro le pene emotive, vero Hélène? Abbiamo l'occorrente o è meglio che mandi mia figlia con Bertrand a procurarlo?» Le due donne erano sole in cucina, mentre la radio andava, sulle note di una canzone che si misero a cantare brevemente.

«È il figlio di vostro marito, Colette, capite? Il vostro

figliastro. Ha solo sedici anni. Vi rendete conto di quando Henry de Jouvenel lo verrà a sapere? Sarà una lama di ghiaccio nel cuore e di voi non ne vorrà più sapere. Ogni tradimento è crudele, e recide un legame stretto da nodi di fiducia, di speranza, da una promessa alla quale non si può venire meno a nessun costo. Questo amore è insano. Come potete pensare che non venga a saperlo?»

«Hélène, ragiona, di quale promessa stai parlando? Una promessa che lui si è permesso da tempo di sciogliere, lasciandomi con un senso di non abbastanza? Con quelle amanti che gli stanno intorno... Forse sa tenerle a bada con abilità e a me riserva la garbata manierosità di un marito infedele. E poi, in fondo, una donna come me non si dà a un ragazzo. Al massimo lo aiuta a prenderla.»

Colette si strofinò le mani sul grembiule, regolò la fiamma troppo alta del fornello, girò a vuoto per la stanza in cerca di qualcosa che aveva dimenticato e riprese il discorso: «Sono invecchiata, ritrovandomi ogni volta di fronte al mio fuoco, alla mia solitudine, a me stessa, con disincanto completo e la seconda vista dispensata dall'amore. So bene cosa significa. Adesso vivo unicamente del mio corpo. Ho imparato a contrastare il dolore, soltanto nel dolore una donna è capace di superare la mediocrità. Dall'attimo in cui comincia l'infatuazione, gli uomini sono tutti disonesti. Se mai un uomo ti dirà "mi piaceva l'idea che tu potessi perdonarmi tutto", tu risponderai "c'è una madre per questo, l'unica persona che può comprendere e perdonare. Non ne conosco altre. Solo una madre può farlo". Ricorda bene Hélène, se mai dovesse capitarti. E rammenta anche che chi se ne va non si rende mai conto di quanto si porta via. Te lo dice una che, impudica in tutto ciò che attiene al corpo, ha un feroce pudore dei sentimenti. Non amo parlare dell'amore, che pure è la mia verdura prediletta, il pane della mia vita e della mia penna. Se ne parlo con te, è perché so di essere capita, mia devota Hélène, e tu sai bene che l'amore è uno dei grandi luoghi comuni dell'esistenza».

Sotto il grembiule indossava una corta vestaglietta di maglia con un orlo a frange, che le metteva in risalto le cosce dai muscoli ancora robusti. Come una esperta assaggiatrice sorseggiava un bicchiere di Chateau-Chalon colore dell'acquavite.

«Posso confessarti apertamente che non so cosa significa il perdono, e neppure il rimorso. Non provo sensi di colpa e sai come ci sono arrivata? Paziente come una moglie maltrattata, vedevo il mio primo marito, Willy, portare a casa le sue favorite, sotto i miei occhi, sotto il mio tetto. Voleva un harem intorno a sé e mi prese ancora ignara di tutto, ignara e ingenua. Bambina sposata e subito tradita. Mi fidavo, l'ho amato, come sapevo fare allora. Era vecchio, brutto, con una pancia enorme. E io mi attardavo su quelle stesse porzioni di pelle dove altre bocche, più esperte, si posavano, altre mani toccavano. Ah, le spine del grande fiore della gelosia. Ho cominciato presto a prender gusto a tutto ciò che c'è di crudele nell'amore. Le rotture senza motivo, le riconciliazioni condizionate, le separazioni e le fughe senza necessità.»

Hélène, la pura, ascoltava senza giudicare. Si teneva le mani nelle mani, remissiva ma attenta. Lei, capace di spregiudicate canzoni d'amore, non sopportava che altri alludessero a territori di passione corrotti e poco romantici. Si era fatta un'idea sbagliata delle faccende che passano fra un uomo e una donna. Il suo matrimonio troppo breve, la separazione dolorosa, non le avevano permesso di comprendere sino in fondo, e il desiderio che la animava, non corrisposto, la lasciava in balia di sogni, smisuratamente lontani dalla realtà.

«Hélène» continuava Colette «questo amore tetro e ardente che tu provi, lo so, è vicinissimo alle lacrime e alla violenza.» Si interruppe e la lasciò lì, con la sua capigliatura tagliata alla diavolo, spettinata e scomposta, ma ferma come una farfalla a cui qualcuno ha stretto le ali fra i polpastrelli.

«Bertrand, dove sei?» si mise a gridare Colette. «Germaine, sai a che ora ha detto Léopold di andarli a prendere in stazione?» Li voleva tutti intorno a sé, quando c'era da organizzare qualcosa. «E dove vi metterò tutti quanti? Buon Dio, non importa come, ma qualcosa si arrangerà. Posso mettere te ed Hélène insieme nella stanza degli ospiti, a fianco della mia camera, dove terrete con voi la bambina. E i Carco e i Marchand staranno nella dépendance, che ne dite? Bertrand in biblioteca, si può fare spazio a un letto, no? Oppure metto Hélène nella biblioteca: no, non posso sempre sacrificarla. Ma ce l'ho una camera per i Marchand? Tutto si arrangia, alla fine. Credo che faremo così, abbiamo letti per tutti. Volete prepararmi qualche lenzuolo? Ne abbiamo negli armadi di sopra, vero?»

«Ma sì» rispose Hélène, distrattamente, «ci sono le lenzuola di quel vecchio corredo di lino che non avete mai usato, con le iniziali ricamate.»

«Siamo sicuri che Léo si sia ricordato di procurarmi

la copia di *Petits airs* di Francis Carco? E, ora, se permetti, prima di cucinare anche il dolce, la mia ile flottante, vado a rispondere a una lettera. Marcel Proust mi chiede quando possiamo incontrarci: ha amato molto la mia Mitzou, anzi mesi fa mi ha confessato di aver pianto per le due lettere finali, che ritiene il vero capolavoro del libro. Io ho una specie di passione per tutto quello che ha scritto, per quasi tutto. Amo l'onda lunga particolare delle sue frasi. Bisogna saper nuotare bene, qualche volta. Come in Balzac, mi ci immergo. È delizioso. È lui stesso un moderno Balzac. Adoro la sua anima di narciso, piena di voluttà e di amarezza.»

* * *

Cominciò col raccontare a Bertrand che suo padre possedeva la spilla da cravatta di Balzac e, quando scomparve, non ci fu verso di ritrovarla. Quel dono era stato lasciato in eredità al Capitano dalla sua madrina, la generalessa Désandré.

«Un disordine maligno si era accanito nella nostra casa, alla morte di papà» raccontava Colette. «Nel momento stesso in cui scoprimmo che il suo destino di scrittore fallito, da noi ignorato, gli aveva fatto accumulare una dozzina di volumi rilegati, con tanto di titoli per ciascuno, ma dalle pagine inesorabilmente bianche, mai compilate, andò perduta quella spilla, alla quale io tenevo enormemente. C'è un legame, vedi, tra quella spilla, il mio amore incondizionato per Balzac e l'opera immaginaria di mio padre. Il miraggio della sua carriera di scrittore e il mio bisogno di scrivere sono strettamente connessi.»

Colette, irrequieta, nello studio spostava carte, separava i fogli di appunti da quelli già rivisti e corretti, cercava un libro nell'ammasso di quelli impilati a terra, ai bordi del tappeto.

«E ora voglio leggerti alcune pagine di un libro che amo, *Le chef d'œuvre inconnu*. Sono nata con Balzac. Cominciai a leggerlo a sette anni, schivando le fiabe per bambini. Adoro il suo senso del dettaglio, che mi sforzo di fare mio, la bellezza ideale dei sensi, la folle violenza delle passioni che vivono i suoi personaggi. Potrei citarti cinquantacinque personaggi della *Comédie Humaine*, per esempio il mio preferito Lucien de Rubempré, che voleva essere poeta, Philomène de Watteville e Paquita Valdès. Le donne, in particolare, mi affascinano, creature vigorose, forti della loro linfa... Ascolta, Bertrand. Ti leggo questa pagina.»

Se ne stavano tutti a debita distanza e in silenzio, quando lei, il libro aperto in mano, iniziò a leggere con quella sua voce profonda e le erre pronunciate alla borgognona, marcando l'accento sui passi che la emozionavano. «"Noi dobbiamo cogliere lo spirito, l'anima, la fisionomia delle cose e degli esseri. Gli effetti! Gli effetti! Ma gli effetti sono gli accidenti della vita, non già la vita! Una mano, giacché ho preso questo esempio, non si collega soltanto al corpo, bensì esprime e continua un pensiero che bisogna cogliere e rendere... La bellezza è cosa severa e difficile, che non si lascia conquistare senza sforzi; bisogna attendere i momenti propizi, spiarla, starle alle costole e legarla strettamente per costringerla ad arrendersi..." Ascolta, Bertrand. Qui è il vecchio pittore Frenhofer che parla al giovane Porbus, levandosi il berretto di velluto nero per esprimere il rispetto che gli ispira il giovane re dell'arte. Non esiste che un ideale d'amore, un amore disperato e inafferrabile, solo l'arte può renderlo eterno come la bellezza appena intravista in un quadro, questo vuole dirci Balzac nel suo racconto. La vita e l'opera in perenne antagonismo, ascolta: "I frutti dell'amore muoiono presto, ma quelli dell'arte sono immortali", ci insegna. La carne è il caos di tutti i colori, dai quali emerge solo un piede nudo di donna. La figura femminile che il vecchio pittore crede di vedere è solo il frutto della sua immaginazione e di un amore folle. Porbus, pur di vedere la tela di Catherine Lescault ritratta da Frenhofer, è disposto a mostrare Gilette, la sua modella, in carne e ossa, ma il vecchio non cede. Leggi tu questo brano, Bertrand. È il vecchio Frenhofer che parla.»

Intanto, Hélène si era avvicinata e seduta ai piedi di Colette, che indossava un corto chimono di flanella rosa.

Bertrand la assecondò e leggeva: «"Come!, gridò infine con dolore, mostrare la mia creatura, la mia sposa? Strappare il velo con cui ho castamente rivestito la mia felicità?... Sono ormai dieci anni che vivo con quella donna. Ella è mia, soltanto mia. Mi ama. Non mi ha forse sorriso a ogni pennellata che le ho dato?"».

Colette ascoltava a occhi chiusi, annuendo. Bertrand continuò: «"L'opera che custodisco lassù, sotto chiave, ... non è una tela, è una donna! Una donna con cui io piango, rido, discorro e penso. Vuoi forse che, improvvisamente, io abbandoni la felicità di dieci anni come si butta via un abito?"».

«Senti come l'arte e la vita sono intrecciate, eppure rivali. Ho un solo maestro, Bertrand» lo interruppe «e mi piace accompagnarlo ovunque gli piaccia condurmi. È la mia Bibbia. È il mio Balzac, sovrano contro certi romanzi appena usciti... Io stessa non potrei mai scrivere come lui, ci vuole troppo tempo. Ci vuole pazienza. Non credo di aver mai scritto un romanzo, intendo dire un romanzo vero, un'opera di pura finzione, libera dai depositi alluvionali della memoria e dell'egocentrismo. E ora ascolta, senti la forza della passione del vecchio, che non vuole mostrare la sua creatura, la forza del suo amore. Leggi questo punto.»

Docile, Bertrand riprese: «"Ah! L'amore è un mistero; vive solo nel profondo dei cuori, e tutto è perduto quando un uomo dice, perfino all'amico: Ecco colei che amo!"».

Scandì bene le parole e poi, dopo l'ultima frase, si fermò, a disagio.

Colette continuò a spiegare: «Porbus e il suo giovane amico Poussin convincono il vecchio pittore a mostrare la tela sopra la quale non c'è nulla; Frenhofer si dispera e li maledice, ma in un angolo si sente piangere la povera Gillette, sacrificata e dimenticata». Prendendo il libro aperto dalle mani di Bertrand e prestando la sua voce alla modella, Colette lesse:

«"Che hai, angelo mio?, le chiese il pittore, ritornato subitamente innamorato. Uccidimi!, disse la giovane. Sarei un'infame se ti amassi ancora, giacché ti disprezzo. Sei la mia vita e mi fai orrore. Credo già di odiarti"».

Hélène se ne stava in silenzio. Bertrand e Colette si guardavano. Lui fissava il piccolo neo accanto all'occhio destro e non vedeva altro.

Nella stanza arrivò odore di caffè macinato.

***

Léopold Marchand stupì tutti, arrivando a Rozven con dei sandali di pelle marrone che avevano due occhi, due fessure sul collo del piede, cinturino e fibbia laterale. Ne andava fiero come di una scoperta, e Misz, la sua compagna, sorrideva benevola di questi suoi tratti infantili.

Aveva portato da Parigi formaggi e vino bianco. Sistemò in fretta le sue borse e soprattutto le carte di lavoro. La sua presenza era rumorosamente gioviale. Era venuto anche per discutere con Colette l'adattamento teatrale di *Chéri*, e, quando ci riusciva, Misz li aspettava, si lasciava vivere, mostrando una dolcezza e una grazia perfette, al contrario di Germaine Carco che, sospettosa di Hélène, non si staccava un momento da Francis.

Fu Léopold a inventarsi partite con il pallone rosso di Bel-Gazou, nel grande giardino sul retro della casa, anche se Colette, che pure si univa alla compagnia, strepitava per i suoi fiori, soprattutto il roseto, che riceveva a volte colpi violenti. Uomini e donne, tranne Bertrand, indossavano costumi interi, scollati, con le spalline sottili, e un calzoncino corto. Dopo le partite scalmanate, correvano sudati a tuffarsi in mare. Bel-Gazou riprendeva allora la palla e giocava da sola.

Léo amava pescare. Aveva la giusta pazienza che ci vuole e sapeva aspettare il tempo necessario. Sebbene non fosse munito di una grande attrezzatura, quella che la casa gli offriva e di cui nessuno pareva curarsi, riuscì a prendere un sarago. Ma entrato in acqua a mezza gamba, vicino agli scogli, si era accorto che un polpo, raro in quel mare, attirato dal bianco della sua pelle, stava cercando di arrampicarsi sul polpaccio.

Rimase immobile. Mentre l'animale saliva, facendogli il solletico con le ventose, lo prese con l'abilità che in questi casi è necessaria, e prima che il polpo potesse avvinghiarsi al suo braccio con i tentacoli, fece ciò che era richiesto per renderlo inerme, infilando il pollice, gli rivoltò il cappuccio della testa, stando bene attento a non farsi mordere dai due denti aguzzi. Con il capo coperto dal suo stesso cappuccio, il polpo, che impressionò tutti per la sua grossezza, si abbandonò inerme, i tentacoli molli e inoffensivi. Léo lo sbatteva sulla roccia per tramortirlo, e la piccola assisteva con una specie di gusto sadico, insolito in una bambina, dalla quale ci si sarebbe aspettati una inorridita protesta. A casa, la preda fu stesa su un cubo di ghiaccio, nella vasca di zinco in bagno, e Bel-Gazou non la perdeva di vista un solo momento.

«Guardate, si muove ancora, muove un tentacolo» gridò agitata, il mattino successivo. Colette stava già trafficando con la pentola più voluminosa, nella quale il polpo fu buttato a bollire, impestando le stanze di un odore insopportabile che fece fuggire tutti. Il banchetto, un antipasto di polpo e patate, fu sufficiente a sfamare gli ospiti numerosi, a eccezione di uno schifiltoso Bertrand, nauseato anche solo a guardare sparire tentacoli viola nelle bocche di tutti. Tornò quando Colette portò in tavola un secondo piatto, dei cosciotti all'aglio.

Durante la cena, per intrattenere Bel-Gazou, assonnata, svogliata, Léopold raccontò i prodigi di un illusionista che aveva avuto modo di vedere all'opera su un palcoscenico a Parigi, sul quale campeggiava una cassa trasparente di vetro e acciaio, piena d'acqua. Era stata questa cassa a colpirlo subito, appena il sipario si era aperto: andava chiedendosi cosa sarebbe successo, dopo.

«D'un tratto era comparso in scena un uomo tozzo, dai muscoli di una potenza incredibile, un torace smisurato. Non saprei dire quanti anni avesse, quando assistetti al suo spettacolo, una ventina di anni fa. Era ancora un ragazzo, o almeno tale sembrava il suo viso spianato, dai tratti volitivi. Io per la verità ero piccolo, avevo sei anni, ma fu un evento che si impresse nella mia memoria e per quella notte non mi fece dormire. Ancora adesso lo vedo e vi potrei descrivere la mia emozione, mentre stavo seduto sulle gambe di mio padre.

Entrò nella vasca indossando un costume succinto, due triangoli, annodati ai fianchi, e legato stretto, braccia a torace, da manette, catene, lucchetti. La cassa fu sigillata da un coperchio, chiuso a chiave. Come si immerse, penzolando a testa in giù, cominciò a muoversi, a contorcersi. Dalla bocca e dalle narici si vedevano uscire bolle d'aria, di tanto in tanto, ma a me sembrò che passasse un tempo interminabile e mi chiedevo come facesse quell'uomo a rimanere immerso senza respirare. Allargava spalle e torace, gonfiando muscoli di ferro, sino a scoppiare. Avevo davvero paura di vederlo annegare, di vederlo afflosciarsi inerte come un manichino svuotato d'aria. Uno spasmo e aveva disarticolato le braccia.»

Gli occhi di Bel-Gazou si erano fatti seri e concentrati: «E com'è andata a finire?».

«Non saprei dire, ma quando io stesso stavo per gridare, unendomi alla voce del pubblico che lo incoraggiava, quel mago, libero da ogni impedimento, se ne sgusciò fuori fra gli applausi della folla. La gente si era alzata in piedi e mio padre mi caricò sulle spalle. "Houdini, Houdini, Houdini", scandivano, e mi è tornato alla mente il suo nome un mese fa, quando ho letto su un giornale che ha nuotato nelle cascate del Niagara per girare la scena di un film. Harry Houdini, si chiama, ma il suo vero nome è ungherese, Ehrich Weisz. Ora vive negli Stati Uniti.» Bel-Gazou ascoltava senza batter ciglio e piena di ammirazione.

«E tu, bambina, hai imparato a nuotare? Con una mamma nuotatrice come la tua... mi farai vedere domani, alla spiaggia?»

«Oh, io nuoto meglio di tutti, Léo, ma tu dovresti sfidare Bertrand, che ormai è bravo, ha imparato dalle lezioni di nuoto, anche se forse ogni giorno vorrebbe fare altro, vero fratellino?»

* * *

«È questo nuotare, sai, Bertrand?» Colette lo guardava, maliziosamente soddisfatta. «Sai nuotare, adesso. O meglio, hai imparato a scivolare, a muovere braccia e gambe in sincronia, a respirare, forse. Ma respiri, Bertrand, o fai finta? Perché se non soffi e riprendi aria, non farai più di una decina di bracciate. Eppure tutto questo non basta. Devo insegnarti qualcosa di più. Ma dimmi, ti interessa? Ti piace nuotare?»

Colette non aspettò la risposta, ma continuava la lezione.

«Il nuoto è sport per solitari, per chi ama pensare: mentre il corpo va da solo, la mente, staccata, segue il suo corso, può perdersi e ritrovarsi. Voglio fare di te un nuotatore forte, libero e felice. Dunque, Bertrand, per fare in modo che braccia, gambe e muscoli possano lavorare in autonomia, lasciandoti tranquillo di pensare ai casi tuoi, bisogna che tutti i movimenti siano completamente naturali, senza che tu sia concentrato a dirigerli.»

«E questo come si ottiene?» Bertrand lo chiese per compiacerla, ma quel giorno la sua attenzione divagava.

«I sensi, ricordi, Bertrand? Ti ho parlato dei cinque sensi che...»

Lui rabbrividiva, e non soltanto per la temperatura dell'acqua. Teneva le braccia incrociate strette al torace, ma d'istinto le avrebbe aperte, prendendola nel suo abbraccio, lì dov'erano, subito. Con l'acqua che aveva inghiottito le loro gambe. Lei lo capiva e per questo insistette nelle istruzioni.

«Con tutti i sensi devi scoprire il piacere, la voluttà dell'acqua. Come quando fai l'amore, sai? Così arriverai a muoverti dentro un elemento che ti deve sostenere, ma che soprattutto deve abbracciarti, avvolgerti. E tu, questo elemento lo devi percepire con ogni fibra del corpo, devi sentire l'acqua sulle mani: con i tuoi palmi, le dita, devi imparare a dominarla a tuo piacimento, spostarla, dirigerla, per entrarci, aprirti un varco, attraversarla e procedere nella direzione che hai scelto. Prova, Bertrand. Intanto, andiamo insieme verso l'acqua alta e continuiamo a parlare, mentre ce ne stiamo in piedi, ma sospesi, ecco, così, vedi? Stacca i piedi, galleggia, non andrai a fondo. Le mie gambe si muovono appena, ma le mie mani frugano l'acqua per farmi galleggiare. Un colpetto a destra, un colpetto a sinistra. Ondeggia. Lo vedi come ondeggiamo? L'acqua va toccata e spostata per startene come preferisci, in piedi, rannicchiato, guarda Bertrand, ora mi siedo e poi faccio capriole.»

Colette rotolò su se stessa, appena una frazione di secondo per mostrare una schiena armoniosa che ruotava verso il basso; riemerse a bocca aperta, sorridente come una bambina, e Bertrand ebbe voglia di sfiorare con la lingua i suoi denti bianchi.

«Te la senti di venire con me sino in fondo alla baia? Andiamo piano, io vorrei che tu non pensassi a una traversata faticosa. Vorrei che percepissi il piacere di muoverti in acqua, il piacere del corpo, come quando accarezzi. Le mani, Bertrand, le tue dita devono sentire la corrente, e così le spalle, il torace, le gambe, il tuo sesso deve compenetrarsi all'acqua. La prossima volta nuotiamo senza costume, forse lo capirai se abbandoni l'affanno e ti lasci andare. Guarda, per favore, guarda come immergo la mano e accarezzo la superficie e poi affondo il palmo e le mie dita unite sentono il contatto con l'acqua. Seguimi, Bertrand. Andiamo laggiù. Tieni gli occhi aperti, stammi vicino e osserva i miei movimenti. Non c'è come vedere e imitare. Nuota al mio fianco. Vieni, insieme a me.»

***

«Ha un bel daffare questo mare, che va e viene, avanti e indietro, instancabile. Sapete che ho calcolato che passano almeno cinque, sei ore tra una marea e l'altra?» diceva Bertrand, seduto su un avvallamento sabbioso, i calzoncini bianchi e il maglione blu, per difendersi dall'aria fredda. «Si può vedere bene il livello della crescita massima, come un profondo respiro del mare che allarga il torace sino a raggiungere quegli scogli e porta con sé matasse di alghe che poi deposita sulla sabbia. Quando si ritira, scopre denti e gengive e si ferma appena sotto quella roccia, la vedete?»

Se ne stavano tutti seduti vicini, presso le dune dai lunghi fili d'erba, disseminate di cardi azzurri. Mancava solo Hélène, scappata precipitosamente a Parigi, da sola. Léopold un poco discosto, con un cappellaccio di paglia, teneva le gambe incrociate e un libro in mano.

Il mare era grigio compatto. Difficilmente si poteva vedere un'acqua così liscia, uniforme: soffiava un debole vento da sud, piuttosto raro, un vento di terra che passava rapidi colpi di spazzola, dando sfumature cangianti e mobilissime alla superficie.

Bel-Gazou, sdraiata, guardava le nuvole e pronunciava di tanto in tanto nomi di oggetti che vedeva formarsi. Colette la invitò a mettersi seduta e a dire cosa vedeva nella lunga lingua rocciosa che a destra della baia si protendeva in acqua: «Guarda bene, laggiù, guarda, mia monella, aguzza lo sguardo e dimmi...».

«Io vedo... vedo... vedo la schiena di Souci cane, che se ne sta accucciato e tiene le zampe davanti piegate. Oppure vedo, sì, mamma, un becco aperto, sulla punta dello scoglio, o un compasso.»

«Sai cosa ti dico? Ti sbagli. È un uomo alto alto e grosso come un gigante, che se ne sta sdraiato a osservare le stelle, un enorme naso di profilo – riesci a distinguerlo? – le mani intrecciate sulla pancia e i piedi con scarponi e la punta rivolta in su. Lo vedi, bambina? Devi guardare bene, guardare continuamente. C'è differenza fra guardare e vedere, ma se hai pazienza, i tuoi occhi alla fine riusciranno ad afferrare le forme che ti ho descritto.»

Invece di rispondere, Bel-Gazou annunciò alla compagnia che aveva trovato sette mucchietti di terra nel giardino: «La nostra talpa stanotte ha cercato sette volte di uscire fuori. Il suo naso, pieno di terra, ha annusato l'aria e si è rituffato nelle gallerie».

«Lo sai invece che quando le lumache hanno il naso sporco di terra si dice che farà bello?» le rispose Germaine.

«Lumaca, lumachina, esci fuori dalla casina, metti fuori le cornine!» recitò Bel-Gazou, e aggiunse: «Non ho guardato le lumache stamattina, ma ho visto la gatta che ha fatto sette gattini neri, tutti uguali, e li allattava».

«Fra poco mi sa che pioverà, non sentite l'odore della pioggia? Che ne dite se tornassimo a casa? Fa freddo e non credo che tu vorrai nuotare, vero Colette?» Germaine intervenne, avvolgendosi uno scialle, imitando Colette che aveva sempre intorno al collo un foulard di seta a minuscoli fiori provenzali.

«Non lo so e per adesso non mi stanco di respirare questo odore di mare.»

Un gabbiano si avvicinò, camminando incerto e dondolante sulla sabbia: veniva a cercare cibo. In acqua, cormorani sfilavano in gruppo e a turno immergevano dapprima il lungo collo e il becco come coltelli affilati, e poi scomparivano del tutto in profondità, per lunghissimi minuti, affiorando lontano.

Emergendo dal suo silenzio, Léopold declamò due versi: «*Que ne puis-je, la nuit, rèver à la fenêtre*
Avec le chant du rossignol autour du cou!».

«Oh, i versi della mia dolce Hélène, dal naso latino perfetto e dal collo robusto di guerriera: mi ha detto che sarà qui fra tre giorni, la mia piccola charmant. E noi la aspettiamo. Ma ora forse hai ragione, Germaine, entriamo. È tempo di ritirarsi. Non nuoterò, per oggi.»

«Ancora dei versi, Colette, senti che bellezza, la tua Hélène Picard, ascoltate:

Je l'amais tant qu'il me semblait l'avoir volé.»

«Solo la poesia, la poesia vera, possiede, prende, lascia, distribuisce. Hélène Picard scrive con l'anima di una visionaria, fa capriole con i pensieri e le immagini, gioca con le regole e poi le fa saltare. I suoi libri sono pieni di reticenze e di segreti. Sentite ancora questo verso, tra i miei preferiti (Léo aveva fatto angoli alle pagine per ritrovarli):

J'étais comme le vent incertain, qui balance
Une rose narquoise à la porte d'un bal.»

Bertrand offrì la sua mano a Colette per aiutarla a sollevarsi da terra.

***

Quando Hélène tornò a Rozven, Bertrand le fece capire subito che aveva desiderio di parlarle. Lei era indaffaratissima con i manoscritti di Colette e una serie di carte che aveva recuperato dal suo breve viaggio a Parigi. Non c'era verso di vederla tranquilla un momento, di trovarla sola in un angolo della casa. Hélène lo evitava. Allora lui si appostò in biblioteca e quando lei si affacciò per rimettere a posto una copia del suo libro di poesie, le prese i polsi delicatamente e la invitò a sedersi.

«È possibile amare un essere umano anche se non lo

conosci sino in fondo, Hélène? Se lo sai dimmelo e se non lo sai, dammi comunque una risposta. Io ho bisogno di capire. La prima volta che vidi Colette, piccolina, massiccia, rapida, potente, mi colpì la maestà del naso e della testa, rimasi affascinato dagli occhi, bellissimi e obliqui, e dalla bocca, fine e piena di vita. Il suo sorriso, invariabilmente civettuolo, aveva una doppia promessa di tenerezza e sarcasmo. La mia impressione principale fu di potenza, una potenza la cui scossa mi fu dolce.»

Bertrand evitava gli occhi di Hélène, guardava lontano. Fece una pausa, deglutì, riprese il discorso: «Mi capita di domandarmi più di una volta quale sarebbe stato il mio destino se solo fossi stato iniziato all'amore da altre mani, da altri gesti. La prima volta che un uomo entra in una donna è una tempesta di molecole impazzite: io mi sono perso e ritrovato e non credo che a nessuno sia mai venuta in mente l'immagine del proprio sesso strappato e appeso non so dove, forse sulla cima del paletto di legno in giardino, che sostiene le rose. Il mio sesso sanguinante e ferito: io l'ho provato e sarà impossibile dimenticare».

«La ferita resterà, Bertrand» disse Hélène, timidamente.

Bertrand non commentò, ma proseguì i suoi pensieri: «Colette la conoscevo, credevo di conoscerla. Io volevo lei. E anche se ho tentato di dire a Germaine un doveroso "mi dispiace", ero perfettamente sicuro che – tra le due donne – era Colette a possedermi, ancora prima di prendermi. Quanto al fatto di chiedermi se io possa – amando – arrivare a conoscerla sino in fondo, ad appropriarmi della sua mente, dei suoi sentimenti, delle sue fantasie, non sarò mai in grado di affermarlo con certezza».

Hélène lo ascoltava con attenzione e scrutava ogni tratto del suo viso. Preferiva ascoltare più che parlare, e gli rispose con un tono di voce pacato: «Ti ami abbastanza, Bertrand? Per amare bene, bisogna amare se stessi, prima di tutto. Per amare bene, è necessario raccontarsi la storia del proprio amore. Ti senti di farlo?».

«Non lo so, Hélène. Ho perduto tutto, sensi e testa, nel lago di quei suoi occhi e non so più dove sono, dove posso andare, cosa ancora posso o devo fare. Se tutto deve cominciare con una rinuncia, mi fermo qui per sempre. Mi porterà con sé, dimmi Hélène, mi vorrà con sé? E per quanto a lungo? Parlami con franchezza, voglio conoscere la verità subito. Impazzisco, credimi. Non sono preparato a tutto questo. Ci deve essere un modo per... Parlami. Continua a parlarmi. Non smettere. Calmami. Salvami, Hélène.»

Hélène si alzò di scatto e andò verso la porta, voleva sottrarsi a quel dialogo, fuggire. Tornò verso Bertrand, si fermò, gli fece una carezza sulla guancia e proseguì subito sino alla finestra. Taceva, pensosa, avrebbe voluto rispondergli che aveva lei stessa più bisogno di aiuto di chiunque altro («mi salveranno gli amici» si diceva talvolta, neppure sicura che gli amici potessero capirla), ma, non trovando le parole che il ragazzo voleva sentire, si limitò a prendere dalla biblioteca un libro di Shelley e gli lesse versi della sua poesia preferita:

Essere io una foglia, e tu potessi
Portarmi, una nuvola rapida ed in te
Volare, un'onda per ansimare sotto il tuo

Potere, condividere il fluire della tua
Forza, eguale, solo meno libero
Di te, o incontrollabile. Essere ancora come da

Ragazzo, compagno del tuo vagabondare
Per il cielo, come allora, quando
Superare correndo la tua azzurra

Corsa non sembrava un miraggio: non avrei mai
Fatto a gara con te in preghiera, come
Ora che ne ho un bisogno doloroso. Alzami,

alzami, io onda, io foglia, io nube.
Cado sopra i roveti della vita, sanguino.

«Ti piace, Bertrand? È l'*Ode al vento di ponente*. Forse davvero non c'è un modo per...» non terminò la frase; gli occhi erano di nuovo sui versi che avrebbe voluto leggere sino alla fine della composizione (adorava il congedo: «*Vento, se l'Inverno viene, può tardare troppo la Primavera?*»), quando dal grammofono in cucina si alzarono le note di un brano musicale vivacissimo, un ritmo sincopato: piano, banjo, mandolino. Colette sculettava, accennando passi di danza, mentre stava preparando le ostriche alla panna. Bertrand con uno scatto raggiunse Colette. «Che cos'è?» «Ragtime. La marchesa Missy aveva un amico che da New Orleans le portava primizie.» «Chi è Missy?» chiese Bertrand sospettoso. «Lasciamo perdere» fu la risposta di Colette.

«Bertrand, ragazzo-uomo» commentò Hélène ad alta voce «con il tuo precoce desiderio di possedere.» Due minuti dopo seguivano le note di una tromba in assolo, che svegliò chi se ne stava ancora a letto, pigro. Bertrand, distratto dai suoi discorsi, stava seduto vicino a Colette che gli parlava, quasi avesse ascoltato quanto i due si erano detti nella biblioteca, poco prima: «Ti ho mai raccontato, Bertrand, ciò che mia madre Sido pensava dell'amore? Rammento questa frase, in particolare: "Ci sono persone che si gettano sul cammino della tua esistenza, e la precipitano nel caos. Così fece tuo padre con me". Per me loro due rappresentavano l'immagine perfetta dell'amore. Li vedo ancora: la testa di un vecchio che si curva a baciare una piccola mano di massaia aggraziata e rugosa. Ma Sido pensava che l'amore non fosse un sentimento onorevole. Eppure io sola ero in grado di vedere nei suoi occhi un turbamento, quella fuga vana delle pupille inseguite da uno sguardo maschile. Perché ti racconto tutto questo, non saprei. Dal momento in cui mi sono alzata, molto presto stamani, mentre la nebbia stava sulla baia come un vecchio cappello, non faccio che pensare a mia madre, colei che adesso mi abita. Quando vivevo con Sido, alla tua età, la convincevo a svegliarmi all'alba, alle tre e mezzo, e mi avviavo con due panieri vuoti, verso le fragole, il ribes nero, rosso e peloso. Tutto dormiva in un azzurro primordiale... umido e confuso, e io scendevo per il sentiero sabbioso mentre la nebbia inumidiva le mie gambe. Ero sola, in uno stato di grazia indicibile».

Colette si fermò, pensosa, e staccò la puntina del grammofono.

«Bertrand, leva quelle tue mani sporche dalle mie ostriche. E va' a indossare il tuo costume. Si nuota, e subito.»

Léopold entrava in quel momento, assonnato e in mutande.

***

«Rinunciare a ciò che possiedi. Dobbiamo imparare a perdere gli oggetti prima di esserne posseduti, prima che tu possa chiederti a chi appartengono o sono appartenuti.» Colette, infervorata, parlava gesticolando. «Bisognerebbe avere il coraggio di rinunciare, o meglio di non affezionarsi alle cose. E allora io ti dico, Germaine, puoi tranquillamente portarti via il paravento rosso che tengo di sopra, nella mia camera. Lo vuoi? Ti piace? Prendilo, non mi serve. Da dove viene e perché mai l'ho conservato? Non rammento. Forse un regalo di Missy, forse una sorpresa di Willy che doveva farsi perdonare qualche cosa. L'avrò utilizzato a teatro? Può darsi. Mi piace, ma non voglio trattenerlo. Non c'è nulla che mi appartenga più di ciò che ho guardato e posseduto con i miei occhi. Guarda, era il motto di Sido, il suo imperativo costante per me bambina: guarda e guardando fai tuo, possiedi. Persone, visi, animali. E questo mare che è mio e al quale sento di essere legata, anche se non c'è mai una sola porzione d'acqua nella quale mi immergo che resti uguale e inalterata. Germaine, cambiando discorso, abbiamo provveduto a prenotare Jean per domani? Vorrei portare il giovane Bertrand in gita a Mont Saint-Michel.»

«Che ne facciamo, Colette, di quelle lepri che il giardiniere Toczé ha voluto regalarci?» chiese Germaine.

«Troverò una ricetta e se non sta scritta nel mio quaderno, me la inventerò. Devo invece ricordarmi di dare una bella rifilata alla cima del tassobarbasso che sta crescendo troppo e che si è inclinato di lato.»

Alle undici, abbandonando tutti, in una giornata nera che preludeva alla pioggia, Colette scese alla spiaggia, indossando nient'altro che il costume.

«Dobbiamo lavorare!» le gridava Léopold inseguendola per qualche passo. «*La vagabonde*, ricordi? Mi sa che sei tu la vera vagabonda, meravigliosa mascalzona. Mi pianti sempre in asso.»

Rimase seduta a lungo sulla sabbia, che prendeva fra le dita, sbriciolando i grani spessi: aderiva alla pelle e se la strofinò sulle gambe, per sentirne la ruvidità quasi abrasiva. Abbracciata alle ginocchia, fissava l'acqua, senza un moto d'onde. Grigio il cielo, cupo e bassissimo, un soffitto uniforme e incombente, grigio fermo il mare, senza confini. In questa immobilità solenne della natura non era sicura di riuscire a distinguere linee nette: tutto sfuocava, anche il suo sguardo. Gabbiani assenti, rifugiati chissà dove, in attesa di un temporale. Marea al culmine della bassa depressione.

Continuava a fissare l'acqua, emozionata, e si preparava a entrarci. «Niente è comparabile al mare. La sua vicinanza mi calma» diceva tra sé. «Il mare è una medicina per tutte le ferite del corpo e dello spirito.»

Dovette fare molti passi per raggiungere la riva, ma aspettò che cominciassero a cadere le prime gocce di pioggia. Entrò aprendosi un varco nell'acqua con le cosce possenti e si immerse adagio: la testa, per prima, avvertì una sensazione di freddo, sino a farle dolere le tempie. E poi la morsa del gelo raggiunse i muscoli, in un punto dove la corrente fredda la sorprese. Ma, dopo le prime bracciate veloci, senza respirare, si sentì a suo agio e prese un ritmo regolare. Nuotava a denti stretti. Voleva traversare la baia in larghezza e poi tornare indietro almeno due o tre volte. Si sentiva piena di forze, che avevano bisogno di essere liberate e lanciate in corsa, come cavalli ai nastri di partenza. «La gioia silenziosa e totale del bagno quotidiano» pensava. Soltanto dopo una nuotata, sfinita, sarebbe riuscita a spianare la mente, affollata di pensieri troppo invadenti. La stanchezza felice del nuotatore.

Non pensava ai movimenti, che le venivano naturali, ma le mani pescavano in profondità e lei aumentò la pressione sui bicipiti, strappando la bracciata con una specie di rabbia. A metà percorso, si girò sul dorso e andò di sole gambe, abbandonando le braccia aperte.

«Non c'è emozione più grande che nuotare e sentire la pioggia sul viso» pensava senza pensare. «Questa pioggia grigio perla.»

Immersa in un grigio uniforme, sopra e sotto, mentre l'acqua intiepidiva (o era il suo corpo ad abituarsi alla temperatura?), restò ferma a galleggiare, supina, le mani a sorreggere la nuca, abbandonandosi completamente al senso di estasi, alla felicità che arrivava lenta e silenziosa, e inondava il suo corpo senza peso. Nuotò ancora sino a raggiungere gli scogli, si sfilò il costume, lo appoggiò sulla roccia e si lasciò scivolare, guardando il fondo sabbioso e torbido. La pioggia infittiva, e l'acqua del mare era quasi nero inchiostro. Le piaceva la sensazione di fresco in ogni parte del corpo: era capace di sentirsi acqua nell'acqua. Nuotò a rana, la testa emersa, per non perdersi nessuna immagine di quella mattina così speciale, fra cielo e acqua.

«Sto nuotando in onde di gioia.»

Non si sarebbe mai provata a descrivere sulla carta ciò che sentiva, mai avrebbe potuto trasferire nella scrittura la dissipazione dei sensi e quella specie di sfinimento in acqua, che la stordiva. Qualcuno le aveva insegnato, aveva compiuto su di lei il medesimo rito di iniziazione che Colette voleva passare a Bertrand. Ricordava che suo padre, ottimo nuotatore, sebbene con una gamba sola, era solito portarla con sé: nuotare con lei era il suo modo di amarla, incapace di dire parole che un genitore non può dire a una figlia, silenzioso e commosso, ma chiuso come il mallo di una noce che non si apre.

***

«Quando sono sola cerco di imitare lo sguardo di mio padre, pieno della profonda tristezza dei mutilati» confessò a Bertrand prima del sonno. Di solito non dormivano insieme, lei e il giovane de Jouvenel. Colette amava dormire da sola, non tollerava il sonno di un essere umano accanto a sé, la compagnia notturna di un respiro estraneo e l'umiliazione del risveglio simultaneo. E meno che mai si sarebbe fatta vedere in disordine oppure senza vestiti.

Se ne stavano sdraiati, lei aspirava profondamente una sigaretta e soffiava il fumo in ampie volute o in piccoli cerchi. Gli teneva la mano e aveva voglia di stare sveglia a parlare.

«Un uomo e una donna, insieme, possono fare impunemente di tutto, proprio di tutto, tranne parlare. Eppure con te è diverso. Tutto è diverso. Tu almeno sei sincero e mi ascolti.» Bertrand, la guancia sul cuscino, gli occhi semichiusi in cui danzava la luce, sorrideva. Quel sorriso degli occhi, candido e ironico, che è comune ai sensitivi, ai timidi, oppure agli uomini che amano l'amore. Uno sguardo che si spingeva al di là del pudore.

«Lasciami vedere il segno del costume...» la provocava.

«No, non credo sia una buona idea. Non penso mai alla nostra differenza di età, ma una donna come me non può spogliarsi davanti a un adolescente.»

La nudità metteva invece a suo agio Bertrand, come accade alla maggior parte degli uomini ben fatti, che sembrano goffi quando sono vestiti. Aveva una pelle liscia, con poca peluria, e un bacino stretto e tornito. Un collo robusto, con un piccolo neo proprio al centro della fossetta della giugulare. Adesso atteggiava la bocca come un bambinone imbronciato.

«Ti prego, fammi guardare i tuoi fianchi, la tua schiena. Leva questa ...»

«Mio piccolo leopardo di ragazzo, adesso basta. Io voglio toccare la tua pelle di seta. Lo devo proprio fare. Senti come cantano i grilli? Poco fa, affacciandomi alla finestra, ho visto fasci di luce arancione e moscerini a frotte intorno alle lampade. I Carco stavano passeggiando in giardino, lui la teneva per il polso. Questa notte segna il picco dell'estate: la casa, che ha bevuto sole con ogni poro della sua pietra grigia, rimarrà tiepida sino a mezzanotte. Vorrei continuare a...»

Bertrand la spinse delicatamente su un fianco, e lei si ritrovò a pancia in giù. Colette si lasciò accarezzare, e poi il lieve peso del corpo di lui che premeva la sua schiena, abbracciandola, le diede i brividi. Non ci furono parole, ma sospiri, mentre entrava in lei. E un solo respiro.

Rimase in quella posizione anche quando lui si staccò, e ricadeva supino, al suo fianco, con un gemito di piacere che lei non gradì. L'odore di quella mezzanotte amorosa la spingeva lentamente verso la tristezza. Per fortuna Bertrand se ne uscì con un inopportuno: «Mi vuoi bene? Non mi mollerai, vero, onda d'amore?». Colette si mise a ridere, girandosi e mordendogli il lobo dell'orecchio. «Che disastro, mio caro. Parole come queste sciupano tutto.»

«Ma adesso ho te, vero?» Lei non rispose: era piena di fuoco e di grazia, mentre si metteva seduta sul bordo del letto.

«Ricorda, Bertrand, non mi piacciono quelli che domino. Non mi piace ciò che è facile. Ricorda.» Il suo sorriso somigliava ora a quello che viene dopo una crisi di pianto. Un attimo prima, mentre facevano l'amore, lei pensò a Henry de Jouvenel, lo vedeva. I suoi occhi di velluto, calmi e spalancati, indecifrabili, si erano abbelliti di una lacrima, che nascose in fretta. Lui non disse niente, in qualche modo dovette accorgersi e sentirsi inadeguato.

«E adesso, dormi, Bertrand, per favore. Domani ci aspetta una lunga giornata. Dormi i tuoi sonni, meno puri, meno tranquilli di un tempo. E, se lo desideri, resta qui con me.»

Quella notte aveva bisogno di guardarselo, persino di ascoltare il respiro che si accompagnava al suo. Lui scivolò nel cavo del letto come una sciarpa abbandonata. Lei rimase sveglia a lungo, insonne.

«Piccolo capolavoro» pensava di quel ragazzo adolescente, dai capelli scomposti. «Ti respiro, mia felicità tardiva, banale e deliziosa. Ma vorrei che le tempeste dei pensieri si placassero, alla fine.»

Sdraiandosi accanto al fianco caldo di lui, sentì una nuova ondata di desiderio. Poi, adagio, venne anche il sonno.

Lo svegliò molto presto. Lui aveva dormito poco ma di un sonno profondo, e si alzò con l'impressione che tutta la casa fosse vuota. Colette era già in cucina a preparare il caffè. Jean, l'autista, li aspettava fuori a motore acceso.

«Siete matti» gridò Léopold dalla finestra del primo piano. «Siete matti a uscire a quest'ora. Ma che vi prende? Colette, vuoi che ti dica ancora una volta che dobbiamo lavorare?»

Lei guardò in alto, nel suo vestito di lino. Bianca, solare e felice.

«Léo, giuro che torneremo presto. Prometto.»

* * *

In macchina, lui le appoggiò la testa nell'incavo della spalla e lei lo lasciò così per un tratto di strada, sino a che furono in prossimità della lunga litoranea che passava fra campi e mare, in direzione di Mont Saint-Michel. La bassa marea aveva denudato per chilometri e chilometri una spiaggia di desolazione inimmaginabile. Il mare si era allontanato al punto che nemmeno lo si poteva scorgere sulla linea dell'orizzonte. Fango, detriti e deserto di sabbia finivano in una sottile riga grigia, molto lontana.

«Non è certo uno spettacolo esaltante» diceva Colette, la quale decise subito che non valeva la pena godersi la vista del paesaggio, mentre l'auto di Jean macinava la strada. Si chinò su Bertrand ancora semiaddormentato.

«Perché ti pettini con l'acqua?» gli chiese.

«Perché la riga tenga»: aveva una scriminatura proprio al centro della fronte. Lei lo guardava e imparava la sua faccia, come non l'avesse mai vista. Gli sfiorò la fossetta al centro del mento. Non c'era quasi più spazio né aria fra i loro visi vicinissimi. Ma non potevano baciarsi. Jean ogni tanto dava una sbirciata ai due e si schiariva la gola.

«Quando ero piccola e mi insegnavano a lavorare ai ferri, mi obbligavano a disfare righe e righe di maglia finché non trovavo il piccolo errore nascosto, il punto caduto. Dov'è l'errore in te, Bertrand?»

«Non lo so. Vorrei che mai tu...»

«Non c'è nulla che porti all'amore. Lo sai, questo? È lui che si butta di traverso sulla tua strada, la sbarra per sempre o, se si allontana, lascia la via interrotta, sprofondata. Non voglio che questo accada con te.»

«Senti, ho parlato con Hélène, qualche giorno fa. Ma non mi è stata di grande aiuto. Con Francis, con Léo la cosa è proprio impossibile. A volte vorrei dire loro quanto questo nostro legame non abbia nulla a che fare con ciò che di norma due esseri provano, intendo un uomo e una donna. Non c'è logica comune. Ma poi non è neppure questo. A volte sento l'orgoglio di essere solo, in mezzo agli altri, e di appartenerti. Questo senso di appartenenza che durerà all'infinito. Forse per sempre. Anche senza di te, anche dopo di te. Altre volte soffro all'idea di non poter chiedere aiuto. Ho conosciuto l'amore. Non posso parlarne con nessuno. Non posso andare da mio padre e dirgli che sua moglie Colette...»

«Ma che idea! Lascia stare tuo padre, per carità! E perché non puoi parlarne con Francis, con Léo? Devi farlo, se lo desideri. Sapranno capirti. Fra i miei amici ci sono persone di una semplicità terribile. La missione che hanno ricevuto è quella di sentir muovere i pensieri. Potranno comprenderti. Sono tutti artisti, scrittori.»

«Appunto per questo. Mi sento una mosca bianca, fra voi.»

«Scrivi anche tu. Mettiti a scrivere.»

«Dici sul serio o mi stai prendendo in giro?»

«Scrivi. Io ti leggerò.»

«Da dove parto?»

«Da dove vuoi.» L'attenzione di Bertrand era fissa sugli occhi e sulla bocca, le due calamite del viso di Colette.

«In realtà, ho cominciato. Ma non so giudicarne il valore. Sono all'inizio di qualcosa che non so ancora dove mi porterà. Un racconto, forse. Mi leggerai?»

«Certamente sì. E dimmi, Bertrand, è il racconto che ti porta o tu che lo dirigi?»

«Scrivo senza sapere dove andare. Mi guidano le vicende, i personaggi. Le voci.»

«La scrittura è un disegno, spesso un ritratto. Ricordi Balzac? Quasi sempre una rivelazione.»

«Ho scritto ancora poco. Sono solo all'inizio. Non ho ancora provato tutto questo.»

«Ti piacerà. La scrittura, come il lavorio notturno del tarlo. La voluttà di scrivere, la lotta paziente contro la frase che si fa docile e composta come un animale domestico, l'attesa immobile, l'agguato che finisce per incantare la parola. Scrivere come nuotare sott'acqua e trattenere il respiro, ha detto Fitzgerald. È vero, proverai anche tu. Scrivi, Bertrand, scrivi. Non smettere di farlo. Non arrenderti.»

«Non mi arrenderò, solo se tu mi seguirai.»

«Vedremo. Ma ricorda, Bertrand. Niente letteratura. Come dico al mio amico Simenon, taglia, impara a tagliare. Troppi aggettivi, dicevo a mio padre. E niente effusioni sentimentali.»

«Mi ricorderò. Oh, guarda laggiù. Vedi, là, lontano? In mezzo al mare, nella nebbia. C'è una sagoma appuntita. È quello Mont Saint-Michel?»

«Sì, siamo ancora distanti, ma già si scorge. Sono contenta di portarti con me laggiù. Voglio vedere il mare accorrere attorno a questo gran bazar conico, la piramide sull'acqua.»

«Non ti dispiace rinunciare a una nuotata?»

«Sì, mi dispiace. Ma domani starò in acqua più a lungo e non mi concederò solo le mie due nuotate quotidiane, alle undici e alle cinque.»

«Ci arriviamo proprio sotto, con la macchina?»

«Non saprei. Jean, dove lasceremo l'auto?»

«Bisognerà lasciarla un po' lontana e proseguire a piedi. Con le maree non ci si può fidare. Si allaga tutto intorno.»

«La piccola Colette Bel-Gazou mi ha regalato una carta che lei stessa ha disegnato, con il tragitto da Rozven a Mont Saint-Michel, e ha fatto anche una piantina dell'abbazia. Ma che sciocca, ho lasciato tutto a casa! Ne soffrirà, se lo saprà. Ma noi non le diremo nulla, vero Bertrand? E le porteremo qualcosa di speciale.»

«Ho fatto un sogno stanotte. E ancora riesco a vederlo nettamente. Dovrei dire un incubo. Tutto è cominciato con voi: tu, Hélène, Germaine, i Carco, i Marchand. Eravamo nel grande giardino di Rozven, che adoro. Ma poi qualcosa... Avevo Bel-Gazou sulle ginocchia, che sghignazzava rumorosamente, come una piccola strega. Dopo essermi distratto per poco, mi accorgo che il corpo si fa pesante. Tenevo me sulle ginocchia! Capisci? Io che reggevo me stesso bambino, in grembo. E ci guardavamo, stupiti. Ma lui, il mio io bambino, non mi riconosceva. E mi chiedeva "chi sei?". "Sono te, Bertrand. Ho fatto l'amore con Colette. Io credo di amarla. Succederà anche a te. Si ripeterà tutto. Farai l'amore con lei. La amerai, forse. Forse ne sarai riamato." E mentre dico questo, lui non c'è più. Corre via, si allontana da me, spaventato.»

«Non mi intendo di sogni, ma tu non stare a interrogarti sul perché e sul per come. Hai sognato, e basta. Hai sognato di tornare bambino e di guardarti. Non darei troppa importanza al significato. Sido cambiava discorso quando cercavo di raccontarle cosa avevo visto durante il sonno. Il suo enorme pudore faceva resistenza persino nei confronti della mia immaginazione. Vietato frugare nell'intimo. Ma ecco, ci siamo, quasi. Guarda, Bertrand, guarda la meraviglia di questo cono capovolto. Adesso lo vedi meglio: non ti pare smisuratamente imponente e suggestivo questo miracolo di architettura? La bassa marea lo tiene collegato alla terraferma. Ma poi, qui intorno, non ci sarà che acqua, e Mont Saint-Michel se ne starà isolato per ore. Bisognerà indossare gli stivali per arrivarci, cammineremo nel fango.»

«E poi come torneremo indietro?»

«Ci sarà una barca, che vi traghetterà, al ritorno. Vi aspetterò in questa posizione» rispose l'autista. «Non posso spingermi più avanti. Non è prudente. La macchina potrebbe essere travolta e spazzata dalle acque in piena, fra un'ora o due. Vi ricorderete dove sono? Bertrand, pensateci voi.»

Colette, dopo essersi cambiata le scarpe, scesa dall'auto sventagliava un grande foulard, che si annodò al collo: «*Adieu*, Jean... se non dovessimo tornare...».

Non era facile camminare in mezzo alla sabbia molle, per di più con stivali. Quelli di Colette, stringati, le arrivavano a metà polpaccio. Qualcuno aveva indicato loro come evitare una traiettoria pericolosa, che finiva in sabbie mobili, dove avrebbero rischiato di rimanere invischiati.

«Questa è una parte che detesto.» Colette sbuffava. «Vorrei già essere sulla cima di quel campanile a godermi lo spettacolo di noi due che arranchiamo tra questa schifezza. Bertrand, dammi il tuo braccio, sorreggimi. Ma ti posso assicurare che, a parte questo percorso a ostacoli, ne varrà la pena. Forse il vestito bianco non era proprio ideale, si riempirà di macchie. E i miei stivali saranno da buttare. Ma che farci, adesso?»

Non erano soli. Alcune persone procedevano, dietro di loro, verso la grande porta. L'andare e venire della luce feriva gli occhi con riverberi intermittenti nelle pozze d'acqua stagnante, dove guizzavano piccoli animali. C'era un calore umido e colori di una mattina bretone, carica di vapori salini.

Quando furono nelle vicinanze dei bastioni, si fermarono a guardare verso l'alto, meravigliati. La guglia gotica del campanile, con la statua dorata di San Michele al culmine, svettava altissima e sottile. E la visione d'insieme era grandiosa, con le mura, i contrafforti, i tre piani che giravano intorno all'abbazia, le torri, i tetti blu ardesia, il verde degli alberi che si insinuava nella pietra di colore bruno. Passarono attraverso le due porte dell'Avancée e del Boulevard, e cominciarono a addentrarsi nel cuore animato della cittadella. Avevano sentito dire che mancava poco meno di un'oretta all'arrivo dell'alta marea, e dunque, arrampicandosi su per l'ampio scalone interno dai gradini larghi, che costeggiava gli alloggi dell'abbazia, contavano di raggiungere una posizione dominante, per osservare lo spettacolo. Uscirono all'aperto e sostarono pochi minuti al terrazzo meridionale della chiesa e poi ne raggiunsero la facciata. All'interno, deserto, solenne, la luce entrava da grandi finestre: nell'ammasso delle pietre, che parevano sovrapposte a sorreggere un delicato equilibrio di pesi e sostenere la spinta di archi e colonne, colori di sabbia davano alla navata un tono quasi dorato, esaltato dal sole, quando riusciva a penetrare attraverso le vetrate. Colette sentì un brivido di freddo, Bertrand si sfilò il maglione e la avvolse. Una scala esterna di merletto costeggiava i pinnacoli dell'abside e permetteva la vista sull'estesa baia di Mont Saint-Michel e le sue sabbie chiare, ancora non raggiunte dall'acqua. Superando una serie di passaggi e sale, piccole segrete e gradini ripidi, raggiunsero il terzo e ultimo piano dell'abbazia, il chiostro, un giardino pensile. Qui sostarono per poco, in silenzio, sedendo sul bordo del colonnato doppio che lo racchiudeva. Nel prato s'era addormentato un mendicante malandato e un frate si stava chinando su di lui, toccandolo delicatamente sulla spalla per invitarlo ad alzarsi.

«Sono stanca, Bertrand, di aggirarmi fra queste pietre. Voglio l'acqua, solo lo spettacolo della marea mi interessa.»

Ma ancora due meraviglie colpirono la fantasia di Bertrand che non si perdeva un particolare: il camino buio e profondo nella Sala dei Cavalieri, ad altezza d'uomo (per divertire Colette ci entrò e finse di sbattere la fronte contro il bordo superiore), e la Sala degli ospiti, vastissima, nuda e gelida, con le colonne che la dividevano a metà e le finestre strette e alte, dalle quali controllò il livello del mare in lontananza.

Colette dovette quasi portarlo via per un gomito: «Andiamo, non voglio perdermi l'arrivo dell'alta marea. Coraggio, Bertrand, qui abbiamo visto abbastanza».

Lei lo precedeva, quasi seguisse un itinerario preciso, guidata dall'odore del mare, muovendosi rapida, impaziente di ritrovarsi all'aria aperta. Salirono sui bastioni, lungo il cammino di ronda che collegava le torri. Una di queste avanzava come uno sperone sopra le sabbie. Qui Colette scelse di fermarsi. Appoggiata al bordo di pietra della torre, umido di muschi e licheni, sfiorando appena il braccio di Bertrand, scrutava il confine del mare con attenzione concentrata. Non parlò sino a quando Bertrand, calmo, disse che l'acqua aveva cominciato ad avanzare visibilmente, divorandosi rocce e isolotti di magra vegetazione.

«Ho visto. È incredibile. Pare che l'oceano abbia aperto i rubinetti. Mi sembra di percepire un rumore ancora indistinto, ascolta, Bertrand, lo senti?»

E poi tutto avvenne con estrema rapidità. Arrivando da lontano come un esercito in marcia, ordinatamente compatto, l'acqua cominciava a mangiarsi il terreno con ritmo inesorabile, invadendo la baia da ogni lato: dapprima ondine frastagliate e timide, poi onde piene e spumeggianti si susseguivano una sull'altra e si ingrossavano, sovrapponendosi, guadagnando metri in pochi secondi. Scompariva tutto, sabbie, detriti, sassi, e una superficie fluida avanzava a velocità crescente, livellando ogni asperità. L'acqua aveva un colore chiaro, trasparente, che scuriva via via e finiva in un verde fangoso. Fu allora che sentirono anche la voce del mare: un rombo cupo, ma attutito insieme, accompagnato da un gorgoglìo sommesso che poi diventava fragore di acque in rincorsa. Il suono di un torrente che rompe gli argini e si tramuta in piena terrificante. Bertrand era preso da un'emozione strana, tra commozione e disagio. Sebbene fossero in posizione elevata, gli sembrava che tutta quell'acqua potesse aggredirli fin lassù e sommergerli e si chiedeva quando la corsa impazzita del mare si sarebbe finalmente fermata. Spingendo lo sguardo tutto intorno, fece notare a Colette che uno strato già profondo di acqua aveva circondato Mont Saint-Michel da ogni lato e che erano ormai isolati dalla terraferma. Pareva di galleggiare su una zattera che stava andando alla deriva. Ma, voltandosi nella sua direzione, si accorse che il volto di Colette lasciava trasparire una espressione delusa e disgustata.

«Che succede?»

«Questa non è l'acqua limpida che amo e nella quale vorrei immergermi. Ammetto che la marea è rapida e fa un effetto singolare, ma non toccherei un lembo di questo mare fangoso nemmeno con un dito.»

Detto questo, voltò le spalle alla baia e cominciò ad avviarsi sul muraglione verso le scale che scendevano ai piani inferiori. Di nuovo si muoveva veloce e Bertrand faticava a raggiungerla.

«Aspetta, Colette, dove corri? Mi vuoi sperdere, eh?»

Un lampo secco seguito da un tuono, come uno sparo di fucile, la sorprese, mentre stavano finendo in un labirinto inestricabile. Colette si fermò di colpo, si voltò a cercarlo e lui andò quasi a sbattere contro di lei. Non fu un urto, però: lo slancio finì attutito in un contatto lieve dei corpi e poi in un abbraccio. Lui si guardò rapidamente intorno e vide che non c'era nessuno. La strinse fra le braccia con una forza che mai le aveva usato, la sollevò appena, spingendola, appoggiandola delicatamente contro una bassa parete di pietra tiepida, dove il sole poco prima picchiava diritto e alto.

«Bertrand, ci vedranno. Che ti prende, diavolo di un ragazzo? Non è spettacolo, questo, da mostrare ai monaci e ai passanti.»

Lui, alto su di lei, la guardava con uno sguardo nuovo, consapevole. Fiero, ma insieme pieno di una gaiezza infantile, che le piaceva molto.

«È tutto a posto. Stai bene? Mi vuoi?» diceva Bertrand, con voce sicura, cercando i suoi fianchi, con mani che frugavano e si impigliavano dappertutto. Lei poggiava la fronte sulla sua spalla, aggrappata alle sue braccia, e non diceva niente, solo un lamento debolissimo di neonato. Non lo assecondò, ma lo lasciava fare. Alzò il viso e tenne fissi su di lui gli occhi grigi mutevoli, con quel sorriso che gli metteva addosso quando facevano l'amore. Lui aveva una strana espressione sul volto, una smorfia di desiderio che lo faceva improvvisamente adulto.

«Benedetta da me, per sempre benedetta» le bisbigliava Bertrand, quando un brivido lo invase. Udì ancora quel gemito pesante, prolungato, che le piaceva ma insieme trovava inopportuno.

«Il mio ragazzo sentimentale, ma maldestro. Guarda questo piccolo strappo nel vestito...»

E poi lo prese per mano e lo trascinò via.

Tornarono trafelati alla macchina, alle due del pomeriggio.

«Su su, Jean, in marcia. Si torna a casa.»

«Avete mangiato qualcosa?» chiese l'autista.

«Oh, sì. Uova sode e un po' di frutta.»

Colette gli porse subito una sottile lamiera in ferro, rettangolare, smaltata e un po' arrugginita, appesa a una catenella: l'insegna di una locanda, che era riuscita a farsi regalare, prima di correre alla imbarcazione che li avrebbe traghettati. Era un disegno un po' stilizzato ma di grande drammaticità: nella notte nera, la sagoma di un monaco dalla veste di panno marrone, un cappuccio a nascondergli il volto, nero come la notte e misterioso, e un ampio mantello svolazzante. Jean la teneva fra le mani, un po' stupito, non sapendo che farsene.

«È per Bel-Gazou. Le piacerà e le farà paura. Ma mi sta sfondando la borsa.»

La sua veste bianca di lino era un ammasso di pieghe, sollevò la gonna per sedersi di traverso sul sedile della macchina a infilarsi le spadriglie rosse, dopo essersi liberata degli stivali. Il temporale si andava avvicinando, con folate di vento a mulinello, che aumentavano d'intensità. Il cielo si era fatto di un nero verdastro. Pareva che i due uomini non avessero altro da fare che guardarla, incantati.

***

«Sono andata a vedere la marea, ma vale la pena vederla soltanto una volta, perché l'acqua che circonda Mont Saint-Michel ha sparso su trenta chilometri di sabbia, generalmente scoperta, tutto quello che è sporco; arriva ai piedi del monte melmosa, disgustosa, piena di detriti e nessuno può fare il bagno» raccontava Colette, appena tornata a Rozven.

«Sapete che, tornando, sul ciglio della strada ho visto un albero fulminato? O quello che restava di un albero: uno scheletro impressionante, un tronco scuro, bruciato, con pochi rami, secchi, come tronconi di braccia protese verso il cielo. E l'edera vi si era arrampicata per dargli una parvenza di verde, e lo avviluppava tutto, in un abbraccio sensuale ma mortifero. Un ottimo soggetto per i tuoi pastelli, Francis, da copiare dal vero.»

Bel-Gazou le corse incontro. «Mamma, mamma, è piovuto, un gran temporale violentissimo, il vento girava intorno alla nostra casa e curvava le schiene degli alberi, ma è durato poco, e io ho visto una cosa strana sul sentiero. Forme di foglie perfette stampate a terra, ma alcune bianche e altre nere. Foglie di betulla, coi bordi frastagliati.»

«Che significa bianche o nere?»

«Dipende da come si guarda, mamma. Me lo hai insegnato tu. L'immagine o la sua ombra. Bianche dove era piovuto e la foglia, volando via, aveva lasciato la sua orma asciutta, chiara. E nere, invece, dove era asciutto e la foglia si era incollata, stampata.»

«Sei salata dalla testa ai piedi come una conchiglia fresca, bambina mia... Hai fatto il bagno questa mattina? Dove si sono nascosti i gatti? Oh, Germaine, che belle le tue mani laccate di rosso! Ti sei data lo smalto per non mangiarti le unghie? A proposito, Bertrand, metti un po' di tintura di iodio su quel foruncolo spuntato di fresco sul tuo mento. Allora, amici miei, vi siamo mancati?»

Leopold, appoggiato a braccia conserte contro lo stipite, la guardava.

«Léo, so già cosa vuoi da me. Non c'è bisogno che tu dica una parola. Mi stavi aspettando, con la tua impazienza. Ma io, prima, devo farmi un bagno aromatico, bermi una bella tisana di menta, e poi... sono tutta per te.»

Bel-Gazou strepitava: «Cosa mi hai portato, mamma?».

«Mia figlia è sempre una mina vagante, vero Léo? Vi avrà fatto ammattire. Cosa devo fare con lei? Qualche bello scapaccione, eh? Tu conosci le mie ire. Ma questa volta farò finta di nulla» e poi, rivolgendosi alla bambina, «ti ho portato un regalo da Mont Saint-Michel.»

«Oh, ti sei ricordata di me...» aveva strappato la lamiera di stagno dalle mani di Jean e saltellava di gioia. «Posso appenderla al muro, in camera? Bertrand, che farà questo monaco in giro di notte? Avrà un coltello in tasca, per difendersi, oppure monete per fermarsi da qualche parte a ubriacarsi? Secondo te, a quale epoca appartiene?»

«Non saprei. A giudicare dalla veste, potrebbe essere di cent'anni fa. Oppure duecento. Che ne dici, Bel-Gazou? Torneresti indietro nel tempo sino al Settecento?»

«No, di più, Bertrand. Molto prima. Avrei voluto vivere in Italia, con Leonardo da Vinci. Ma non ricordo proprio in quale secolo. Tu sai tutto, me lo dici? Una maestra, che è mezzo italiana, mi ha raccontato i miracoli di quest'uomo. Era un genio. Un signore dalla barba lunga, l'ho visto su un libro. Perché voi non vi fate crescere la barba? Io vorrei i baffi. Ma ora, mamma, posso tornare alle mie piccole vasche di rocce, sulla spiaggia?»

«D'accordo, se qualcuno ti accompagna. Non certo io. Dovrò lavorare con Léopold prima di cena. Ma non fare tardi. Quando il sole comincia a calare, tornate a casa. Hélène, che si fa stasera? Magari delle scaloppine con cetrioli, oppure salsicce al vino bianco? Lungo la strada di ritorno, ci siamo fermati da un macellaio, mi sembrava esponesse carne di prima qualità. Non avevo voglia di pesce. Léo, dammi solo un quarto d'ora e poi cominciamo.»

***

«E io ti dico, Léopold, che non dobbiamo troppo insistere sulle parole di Max nella *Vagabonde*. Lei se ne va in tournée, d'accordo, per giorni e notti, lo sappiamo: Nimes, Montpellier, Carcassonne, Tolosa. E lui che fa? Credi forse che stia ad aspettarla, senza tradirla? Lei lo sa, ti dico che lo sa di essere tradita. Ne è perfettamente consapevole. Un uomo non tollera la lontananza dell'amata, deve consolarsi e in fretta si consola. Oh, sì, certo, le scrive, ma le sue lettere non valgono a convincerla di un amore che è stanco e ormai poco convincente.»

«Sei tu a dirlo, Colette: "Tu sarai sempre la più bella! Lo scrive e senza dubbio lo pensa"... Come vogliamo farlo apparire questo Max?»

«Max è un pover'uomo, come la maggior parte dei suoi simili. Non è all'altezza. E questo va fatto capire al pubblico, altrimenti non si spiega perché Renée alla fine lo trovi ingombrante e se ne sbarazzi.»

«La ritirata di Renée, già.»

«Tutto il finale della *Vagabonde* si regge su questa decisione finale. Sulla storia incompiuta. Lei lo ama, però se ne va.»

«Avanti, proviamo il finale. Le parole. Leggi tu, Colette. Partiamo dalla lettera?»

«Ma sì, è chiaro. La lettera ci vuole tutta. "Addio mio caro... Me ne vado... Non ti vedrò più... Me ne vado", senti qui, Léopold: "... è il minor male che ti possa fare". Bisogna calcare su queste parole, il minor male che io ti possa fare... Bisogna far capire che Renée è incapace di riprendere l'abitudine dell'amore, ma soprattutto atterrita di doverne ancora soffrire.»

«Renée vuole anticiparlo, perché ha capito che cosa Max cerca davvero e cosa lei non può più offrirgli. Tu scrivi: "Cerca lontano da me la giovinezza, la fresca bellezza intatta... l'amore insomma". Max, il debole, al quale Renée rinuncia a fatica.»

«Léopold, è su Renée accorata ma ferma che tu stringi i tuoi primi piani. Renée che dice con voce sicura: "Ti lascio la sola possibilità di farti grande ai miei occhi: mi allontano". Comprendi questa, che è la grandezza di tutte le donne ferite ma nobili? Lei se ne va, lo rifiuta e sceglie tutto quello che Max non è.»

«Questo ancora va scandito bene, Colette: "Ti ho già conosciuto e ti riconosco. Non sei forse colui che, credendo di donare, accaparra?". Ma in che modo facciamo capire quanto Renée sia incapace di prendere questa decisione a cuor leggero? Certo che Max, l'accaparratore... insomma, che fatica fa Renée a lasciare un uomo così? Un mezzo uomo, un miserabile...»

«A proposito di miserabili. Non pensi, Léo, che la tournée di *Chéri*, in giro per quaranta giorni a centocinquanta franchi al giorno, che fanno sessantamila franchi, in fondo ci lasci ben poco per noi due, con il sette per cento degli incassi? Non è poco, lo ammetto, ma voglio di più, devo rifarmi il guardaroba. E ora, torniamo alla nostra vagabonda. Renée devi mostrarla nella sua bellezza matura, una bellezza che sfuma, ma che ha ancora una fierezza, una luce speciale. Devi inquadrare i suoi occhi: lì è il segreto dei suoi sentimenti. La tua sceneggiatura deve togliere ogni particolare superfluo. Non perderti sul contorno. L'abbigliamento, forse. No, tieni d'occhio il senso di questo riscatto. La solitudine che per la vagabonda Renée torna a essere un vino ad alta gradazione che la ubriaca di libertà. E questo si deve vedere bene nelle sue pupille un po' velate. Ma non di pianto! Comprendi bene, Léo. Quasi ebbre di una ritrovata follia, di una esaltazione nuova. Il dolore non ha il potere di consumarla. Quanto a Max, sarà pure quello che è, un mediocre, ma l'ha pur resa brevemente felice.»

Colette accese una sigaretta, e le mani tremavano appena.

«Allora andiamo nel finale con tutta intera la sua incertezza di donna che vuole e non vuole, combattuta come le donne che amano sanno esserlo sempre, consapevole ma ribelle. Rileggi qui, tutto, Colette. Fammi sentire il tono.»

Lei si mise seduta in terra, incrociò le gambe, dondolò un po' su se stessa e poi, trovato un punto di appoggio stabile, prese a leggere, tenendo davanti agli occhi il libro aperto, con una sola mano: «"Me ne vado, ma non sono ancora libera di te, lo so. Vagabonda e libera, desidererò a volte l'ombra dei tuoi muri... Quante volte ritornerò verso di te, caro sostegno su cui mi riposo e mi ferisco? Per quanto tempo evocherò quello che potevi darmi tu, una lunga voluttà sospesa, riaccesa, rinnovata... Ah! Tu sarai a lungo una sete fra quelle del mio cammino! Ti desidererò volta a volta come il frutto sospeso, l'acqua lontana, la casetta felice che sfioro... In ogni luogo dei miei desideri erranti, lascio mille e mille ombre che mi somigliano"...».

«Mamma, dove hai messo la mia camicia verde? Mamma, mi senti? Dove sei? Non trovo la camicia coi nastri di velluto...»

«Oh, mon dieu, quella piccola diavolessa... santo cielo, proprio adesso, sul delirio di Renée, c'era bisogno della camiciola verde di Bel-Gazou?»

«Mammina, sei qui, con Léopold...» Bel-Gazou, la mano sulla maniglia della porta aperta, guardava la madre in terra come l'avesse sorpresa in una posizione sconveniente.

«Non so dov'è la tua camicia verde e adesso...» riprese la lettura, a voce alta, solenne, quasi gridando, «"Mille e mille ombre che mi somigliano"... dicevamo... "Tu conservi la più tenace, un'ombra nuda, ondeggiante, che il piacere agita come un'erba nel ruscello... Ma il tempo la dissolverà come le altre e tu non saprai più niente di me, fino al giorno in cui i miei passi si fermeranno e da me volerà via un'ultima piccola ombra"...»

«Mamma, di chi stai parlando?»

* * *

Dopo cena giocavano a carte sul tavolo della cucina, tranne la bambina, mezzo addormentata, che con Germaine se ne stava in salotto, sdraiata sul divano a farsi leggere il suo libro preferito.

Colette era seduta fra Hélène e Francis e li teneva d'occhio. Hélène aveva un décolleté profondo, che accentuava e metteva in risalto le spalle; Colette le aveva marcato la palpebra superiore con una sottile riga di kohl nera che in verità le dava l'aria di un Pierrot triste (si divertiva a fare esperimenti di trucco: «Devi tenere il kohl anche di notte...» raccomandava). Germaine Carco fumava con un bocchino di ebano, appollaiata accanto al marito, spettatrice annoiata. Léopold, sotto la lampada, con la sua pipa, era concentratissimo nella partita ma mandava cenni d'intesa a Misz, che giocava in coppia con lui.

«E io vi frego tutti con questo asso!» Carco sbatté la carta sul tavolo, con un gesto plateale.

«O magnifico il mio Francis distratto! C'è solo un piccolo particolare, hai calato l'asso troppo in fretta, bambinone, non è il tuo turno.»

«Ma guarda guarda, la mia strega, mi hai ingannato coi tuoi occhi, Colette, mi hai preso in contropiede, devo ammettere. È vero, non sono stato capace di rimanere al mio posto, paziente. Ho voluto giocare troppo presto, non stavo nella pelle per la sorpresa che avrei suscitato. Stavo perdendo... mi hai dato carte orribili, mia cara. Voglio una rivincita.»

«L'avrai, l'avrai, ma abbi la furbizia di calcolare i tempi giusti, di saper aspettare. Non bruciarti la possibilità di una rimonta.»

Il gatto e il coniglio se ne stavano acciambellati in un angolo, e dormivano vicini, in un abbraccio, quasi compenetrati uno nell'altro. Ma il gatto, nel sonno, muoveva la coda in aria, in qua e in là, come la danza sinuosa di un serpente ipnotizzato. La coda oscillava davanti agli occhi del coniglio, che, disturbato da quel movimento e improvvisamente sveglio, la addentò con gli incisivi e non la avrebbe mollata se Hélène non fosse intervenuta svelta a strappargliela di bocca. Il gatto, con una specie di guaito, corse via e il coniglio si accucciò, le zampe anteriori raccolte e il muso basso, ma, non appena si allontanò dal tappeto viola, scivolava sul pavimento, incapace di tenersi diritto.

«Cosa mi dici di questi due, mio mansueto Souci» Colette parlava al cane, un carlino appollaiato ai suoi piedi, «non hai voglia di inseguirli, vero? Sei troppo vecchio e infelice, coi tuoi acciacchi, mia piccola creatura pelosa.»

Si alzò per versarsi un bicchiere di cognac: «Chi ne vuole? Un bicchierino per schiarirsi le idee, vero Francis, e poi ricominciamo la mano», inciampò anche lei nel tappeto, mormorando a denti stretti una imprecazione.

«A proposito, miei cari, ehi, fate attenzione, sto dicendo a tutti quanti, nessuno escluso: domani bisognerebbe ripulire la spiaggia dalle alghe secche che si sono accumulate dopo la tempesta. Sapete che camminarci sopra fa un solletico insopportabile ai piedi. E mi fa anche un po' schifo, puzzano maledettamente di marcio. Avete capito bene?»

Léopold si mise a raccontare una barzelletta un po' oscena; Colette, che si era distratta, lo fece ricominciare daccapo e lui protestava: «Così mi rovini l'effetto... e va bene, ricomincio».

«Ma non è una barzelletta, mascalzone! È la storia

di quei nostri amici un po' matti e volgarissimi, che si sono messi insieme, chi l'avrebbe mai detto... una coppia male assortita, avete mai visto due così incompatibili? E lei molto più alta di lui, che pare un nano. Una donna deve arrivare al cuore di un uomo.»

«Zitta, Colette, loro non lo sanno... Shhh, ti prego. E inoltre non si può mai giudicare una coppia di amanti.»

Ma Colette aveva cominciato a ridere di una risata aperta e fragorosa, incontenibile, che invadeva tutte le stanze. Fu in quel preciso momento che Bertrand mise piede in cucina. Era entrato e se ne stava diritto sulla soglia, incapace di parlare, quasi infastidito, ma sul punto di dire qualcosa e guardava Colette.

«Se posso interrompere, ti chiedo di salire da Bel-Gazou che è andata a letto e forse ti aspetta. Poco fa, ero seduto accanto a lei e le carezzavo i capelli e lei, a occhi chiusi, mi chiedeva: "È proprio necessario dormire?". Questa volta non sapevo proprio cosa rispondere. Voleva te. Va' da lei, per favore.»

Colette salì al piano di sopra, ma non entrò in camera. Se ne stava sul pianerottolo, davanti alla porta, e ascoltava la figlia che, spaventata dal buio, parlava da sola per addormentarsi.

Bertrand continuava a raccontare di Bel-Gazou tra sonno e veglia, piuttosto inquieta, ed Hélène rincarò la dose: «Ogni debolezza le è proibita e soprattutto quella di chiedere amore. Ha imparato a non lamentarsi mai della solitudine e dell'abbandono».

«Ma via, Bertrand, fossi in te non starei a preoccuparmi tanto e non le darei corda» commentò Francis «crescerà magnificamente bene, anzi più forte, sai? Bevi un bicchiere di cognac con noi», e gli sorrideva di un sorriso complice e malizioso.

***

«Ho avuto un incubo. Mi sentivo come degli artigli in testa, che mi ghermivano i capelli. Mi sono svegliata di soprassalto con la orribile sensazione che qualcuno mi stesse piantando chiodi sul capo. Un doppio incubo. Era l'alba, mi sono alzata e sono uscita, rubando il golf di Francis, quello a grana spessa, che sapeva di lui. Oh, non se n'è accorto nessuno. L'ho già rimesso al suo posto, sulla panca dell'ingresso. Ma il punto è che c'era una striscia sottile di alba rossa, sotto un cielo piombo, e camminavo sulla brina, ci credete?»

Colette le diede uno sguardo sbieco: «E allora?».

«E allora, non saprei. Forse si avvicina l'autunno. In una pozzanghera era passata una ruota di bicicletta e l'effetto era quello di piccoli aghi di ghiaccio sparsi a raggiera. Possibile che la temperatura sia scesa così tanto questa notte? Ho provato una ondata di desiderio, mentre annusavo l'odore di Francis... sapete, quella ondata calda di stomaco-testa, pensando a qualcuno che con me fa l'amore. Bisognerebbe non pensare a tutti gli amori del mondo, mi sono detta. Bisognerebbe non sentire tutte le passioni del mondo. Tutte le mani su di me. Non sentire a volte il calore, il sapore della vita con una intensità insopportabile.»

«Hélène, la pura, mia amica sognante. Tieni queste cipolle, vorresti sbucciarle? A me fanno piangere gli occhi, e mi danno fastidio persino queste lacrime non vere.»

«Dio, come mi mancano le carezze. Vorrei una carezza, una carezza soltanto. Non è umano privarsene in questo modo. Non ho un amore, dunque sono senza casa. Ho sentito sulla pelle tutti i gesti d'amore che posso ricordare. Era come se tutto potesse ricominciare daccapo. Vi è mai capitato? Come se tutto ancora dovesse accadere e voi poteste avere la possibilità, per una sola volta, di cambiare il vostro destino. Di fermare qualcuno che se ne è andato. E mentre camminavo, con questi pensieri, vicino alle prime case dopo la radura, vedo in terra una rosa rossa dal gambo corto reciso. Proseguo oltre. Poi torno indietro, mi guardo intorno, non c'era nessuno, la raccolgo. Una rosa rossa, abbandonata per me, da uno sconosciuto. Uno che non incontrerò mai.»

«Brava, Hélène, sono le cipolle che ti commuovono? E ora tagliale a piccole rondelle. Le metto nel soffritto.»

«Sono giorni che giro con tre monete nella tasca del vestito. C'è sempre un barbone gioviale e gentile che si leva il cappello per salutare e sorride aperto, sapete, vicino al panettiere di Saint-Coulomb, quello che sforna le paste calde a mezzogiorno. Ma l'ultima volta che ero lì, non s'è visto.»

«Ecco, e adesso vuoi pelare anche le patate, Hélène? per quello che hai da fare...»

«Lo ucciderò, Francis. Ho deciso. La lama del coltello più affilato che abbiamo in cucina può andare. La spingerò lentamente nella sua pancia e starò a guardare come finalmente esala l'ultimo...»

«Chi vuoi uccidere, Hélène?», Bertrand era entrato di soppiatto. Si prese un gambo di sedano e lo masticava rumorosamente, rivolgendosi a Colette: «Sai cosa vorrei proporti oggi? Voglio vedere la tomba di Chateaubriand a Saint-Malo. Ma ci si arriva solo quando l'acqua si ritira. Come facciamo a sapere?».

«Fermala, la pazza. Fatti restituire il coltello. Quella è capace di tutto», Colette se la rideva della sua risata sonora. «Francis non sa che rischio sta correndo. Ma io non ho voglia di andare alla tomba di Chateaubriand. Non mi interessa, Bertrand. Ho paura che dovrai scegliere una compagnia più adatta. Hélène magari, dopo che avrà consumato il suo delitto. E adesso via, tutti di corsa alla spiaggia, con dei grandi sacchi per le alghe.»

Impiegarono quasi un'ora a ripulire la sabbia, ma il lavoro fu svolto con tale meticolosità che non rimasero residui. Una squadra efficiente di spazzini: Bel-Gazou andava in testa a tutti, contando i passi, e prima che raggiungessero certe porzioni di spiaggia, lei aveva ispezionato ogni segmento, alla ricerca di piume di uccelli. Mentre tutti gli altri si davano da fare a raccogliere quell'erba disseccata e maleodorante, la bambina sceglieva piume di gabbiani e di cormorani per la sua collezione.

Alla fine, esausti, si erano seduti uno accanto all'altro, in una fila ordinata, rivolti al mare, ad ascoltare Bel-Gazou che recitava una filastrocca e segnava le parole e il tempo con la più lunga delle piume. Parlava di un cavaliere infelice che era montato a cavallo e andava contro il vento, senza accorgersi che stava perdendo a poco a poco tutti i vestiti. Colette e Bertrand si alzarono e si misero a mimare la scena. Colette a quattro zampe, le mani a terra, la schiena incurvata, e Bertrand le era montato sopra, come il cavaliere senza vestiti, le mani sui fianchi, lo sguardo su di lei coi capelli al vento. Hélène aveva con sé una macchina fotografica e scattò, mentre Colette cercava di voltare la testa dalla sua parte, in posa per una immagine che mai, nel tempo, li avrebbe separati.

«Ecco, così miei cari, fermiamo tutto. Con questa fotografia io vi rendo immortali. Restiamo qui per sempre. È qui il nostro universo. Vorrei durasse all'infinito questo momento che ci vede vicini. Qui, a Rozven, nella baia della Touesse, io vi dico che abbiamo toccato passato, presente e futuro. Lo avreste mai immaginato? Lo sapete che nessun treno vi riporterà mai a casa?»

«Con la tua mostruosa semplicità, Hélène, tu dici, e a volte scrivi, delle enormità. Tu usi la fotografia in luogo della memoria. In realtà non prolunghi il tempo, non lo fai viaggiare, ma lo fermi. Una foto non potrà mai sostituire un ricordo in movimento. E con queste foto tu dimenticherai, Hélène» Francis le si era avvicinato e lei istintivamente si era scostata «dammi dunque la macchina fotografica e mettiti tu contro quest'acqua che oggi pare di vetro. Sorridi, mia fanciulla di mare, e io intreccerò corone di alloro alla poetessa più brava cui mai la Francia abbia dato i natali.»

«Io so tutto, eh, Francis Carco? Signor-io-so-tutto...» Hélène fissava Francis, provocandolo.

«Via, Hélène» intervenne Colette «sai che Carco sa dire bene e insieme mentire. Anche troppo. E tu sei, come me, della razza di chi non cede alle provocazioni. Ma ora, fammi un favore. Vai a prendere i tuoi acquerelli e dipingi per me questo mare verde smeraldo. E già che ci sei, portami quell'olio di cocco con cui sei solita ungerti.»

Il cielo era diviso a metà: una parte tersa, di chiarità sorprendente, e una parte nera, minacciosa, che avanzava a divorarsi l'altra. Alcuni cormorani se ne stavano lì intorno, fermi, ad ali aperte per asciugarle, mentre il vento scompigliava le piume più vaporose. Un gabbiano lanciava un grido acuto, inseguito da un altro gabbiano che rispondeva con un richiamo rauco. I suoni si ripetevano, alternati, mentre i due uccelli continuavano a compiere ampie virate sopra le loro teste.

La bambina stava analizzando le piume raccolte su un manuale di ornitologia che le aveva regalato suo padre: «Nel mio libro si dice che in questa zona abita il gravelot. Ma che razza di uccello sarà?».

«In acqua, tutti in acqua» gridò Colette «chi se la sente di sfidarmi? Facciamo una gara. Chi arriva per primo a quel piccolo scoglio affiorato laggiù?»

«Sei matta» le fece eco Léopold «troppo lontano. E poi nessuno riesce a starti dietro, tranne Bertrand ormai...» e sorrideva. «Soprattutto con questo mare che comincia a frastagliarsi. Mi sa che dovrai nuotare da sola.»

Nessuno la seguì e lei, rassegnata, diede uno sguardo feroce a Bertrand, che se ne stava immobile, a fissarla, alto e abbronzato.

«Peggio per voi. Io entro adesso e non aspetto nessuno. La marea ha iniziato la sua corsa e fra poco, dove siete seduti, se non vi spostate, finirete comunque in acqua.»

In mare avvertì subito una resistenza. Nuotava verso il largo, e doveva contrastare una forza in opposizione. «La marea bisogna sentirla e assecondarla» pensava «è necessario farsi portare. E io la avverto, e se ora le mie gambe smettono di battere, l'onda mi trascina e mi deposita a riva come su un vassoio di molluschi sgusciati.

Eccola, la nuova carica che ingrossa e incalza, le sferzate del mare. Non posso andare controcorrente.»

Quando gli amici sulla spiaggia le parvero piccoli, si voltò ancora verso il largo e cercò di proseguire. Ormai una sfida fra lei e il mare era cominciata e per niente al mondo avrebbe voluto rinunciarvi, ma si sentiva già affaticata. In profondità, avvertiva correnti di diversa temperatura, molto fredde, potenti gettate d'acqua da un secchio sempre pieno. All'improvviso un crampo le contorse il muscolo del polpaccio, arrotolandolo come si fa con un panno bagnato che si strizza. Dovette fermarsi, era impossibile continuare il movimento. Se ci provava, la gamba induriva, poteva sentire la contrazione passandovi la mano: c'era come un fascio di muscolo durissimo, accavallato. Si fermò a galleggiare e tentò di mettersi supina. Ma il dolore non dava tregua, raggiungeva la testa e non c'era modo di lenirlo, neppure ruotando delicatamente il piede. Colette, immobilizzata, ebbe paura della massa d'acqua scura, mobile e minacciosa sotto di lei. Non era mai successo che il nero di seppia che tingeva l'acqua le paresse un gorgo infinito, dal quale potesse essere risucchiata. Cercò di tornare verso riva, avanzando con le sole bracciate, ma anche questo si rivelò difficile, non guadagnava metri: le pareva di stare ferma nel medesimo punto. L'acqua la portava per alcuni metri avanti, la faceva scivolare senza sforzo, ma il riflusso di ritorno della marea, una ondata di cui si sentiva preda inerme, s'impadroniva del suo corpo e sembrava quasi riportarlo indietro, al largo. Tese un braccio e lo agitò in aria per chiedere aiuto. Bastò questo per attirare l'attenzione di Bertrand che non la perdeva mai di vista. Lo vide tuffarsi e arrancare, nuotando scomposto, nella sua direzione. Cercò di rimanere calma, per quanto il muscolo non desse segni di volersi rilassare, e lo aspettò, sballottata, le gambe molli.

Bertrand procedeva a fatica, riuscì a notargli difetti nelle bracciate e nelle gambe che scalciavano disordinatamente, facendo spruzzi, eppure avanzava e, quando fu a metà distanza, alzò la testa e gridava: «Che hai, Colette? Non stai bene? Che succede? Puoi resistere?», ma non aspettò risposta e riprese a nuotare forsennatamente, a confondere la respirazione, e alla fine la raggiunse, mentre lei cercava di andargli incontro. Le braccia distese avanti, i loro corpi si protesero l'uno verso l'altra, le mani si afferrarono, come in un balletto acquatico. La strinse o, almeno, tentava di farlo, ma in questo modo l'avrebbe trascinata a fondo se lei, respingendolo, non gli avesse detto subito: «Piano, Bertrand, grazie di essere qui. Hai visto che lungo tratto hai percorso da solo? Ho un crampo terribile al polpaccio e non posso fare altro che aspettare che passi, ma ho avuto molta paura di non riuscire a rientrare, perché... la senti la marea come cresce?».

«La marea? Ma chi se ne accorge?! Mi hai spaventato a morte. Lascia che ti abbracci», e insisteva per circondarla con le sue braccia lunghe.

«Smettila, Bertrand. Non agitarti. O andremo a fondo tutti e due. Piuttosto permetti che mi appoggi alle tue gambe un pochino. Ecco, così, tu galleggia come sai, muovi le braccia, e io mi siedo sulle tue cosce e adesso, piano, mi massaggi il muscolo?»

Bertrand aveva il fiatone, ma cercava di parlare, non stava zitto un minuto, e si muoveva a scatti, un po' per sostenersi, un po' per massaggiarle il polpaccio. Ci metteva troppa forza, e otteneva l'effetto di aumentarle lo spasmo. Ingoiò una sorsata d'acqua che gli passò per il naso e gli bruciò la gola, si riprese quasi subito e finse di scherzare: «Beh, non male questo cocktail di mare… non è certo come il tuo vino bianco…». Dalla riva tutti guardavano nella loro direzione, preoccupati, schermandosi gli occhi.

Il dolore, come era venuto, si stemperò e la gamba poteva lentamente riprendere a muoversi. Colette aveva le labbra viola.

«Va meglio, Bertrand, sta passando. Sei un bravo ragazzo coraggioso, il mio cavaliere. Adesso ce la fai a tornare indietro?»

«Nemmeno per sogno, io resto qui.»

Più tardi, agli amici radunati intorno a lei, la coperta d'angora sulle spalle, Colette raccontò che in acqua aveva percepito il grande respiro del mare: «Un battito profondo, come un essere marino palpitante, e il mio cuore batteva all'unisono, lo stesso fremito».

***

«Hai mai visto un uomo fare un gesto proprio nel momento in cui ti aspetti che lo faccia? La grazia di un gesto perfetto. Non esiste. Eppure a volte un sentimento nuovo potrebbe nascere da un gesto, talmente inaspettato, che fa breccia nel cuore, e lascia intravedere e lascia passare l'amore. Come è vero invece che a volte, se ci pensi bene, a seguito di un gesto imprevedibile, chi amiamo può apparirci come un totale sconosciuto. Ah, l'amore, così labile, così provvisorio, così evanescente, casuale. Solo la nostra immaginazione lo fa esistere, la suggestione, la volontà di prolungarlo, di crederci, di assecondarlo. E dunque, cara Hélène, smettila di stupirti se il mondo non asseconda la tua sete di perfezione. E non volermene se ti riporto sempre coi piedi a terra. Deve ancora nascere l'uomo che abbiamo in testa.»

«Non cerco la perfezione, credetemi. O meglio, non ho ancora maturato la passione della perfezione. Avete ragione, Colette, l'amore è solo nella testa. A volte sogno e non mi accorgo di farlo. Mi confondo: non riesco a capire se nei sogni noi conosciamo la storia o siamo semplici spettatori. Io sono così meticolosa nelle mie fantasie, in ogni dettaglio, che alla fine ignoro se ho vissuto davvero, oppure mi sono limitata a sognare ciò che nella immaginazione era così nitido. Altre volte la sensazione di un déjà vu mi fa pensare all'inutile illusione dei sogni. A proposito, vorrei tornare a Saint-Malo...»

«Ci siamo state insieme, non molti giorni fa...»

«Infatti, ma Bertrand mi ha chiesto di accompagnarlo. Vorrei tornarci. Posso chiedervi la macchina?»

«Se Jean è disponibile. Questo mese siamo già usciti quattro volte in quindici giorni, abbiamo speso di benzina trecentoventi franchi e sessantasette di olio. Ma sì, va bene, andate pure, però portate con voi Bel-Gazou, così potremo lavorare in santa pace io e Léopold. Dobbiamo ancora affrontare l'adattamento teatrale di *Chéri*. A proposito, sai che siamo arrivati alla bellezza di trentamila copie vendute? Sulla *Vagabonde* per il cinema non voglio tornare, basta. È fatta, non se ne parla più.»

Hélène, nell'ora della siesta, nascondeva il viso sotto un cappello di paglia a tese larghe: «Léo vi ha parlato di un film che ha visto a Parigi, in anteprima assoluta per pochi amici?». Le due donne erano in giardino, circondate da gatti che strusciavano le code sui loro polpacci.

«Oh, amici miei, non fatemi cadere. E tu, Souci cane, hai i riflessi troppo lenti ormai per accorgerti che non posso sempre schivarti. No, non me ne ha parlato, di che si tratta?»

«*Dr Jekyll e Mr Hyde*, con John Barrymore. Deve esserne rimasto davvero molto colpito.»

«Guarda quei gerani, Hélène. Leva le foglie secche, lasciali respirare. Mi sa che di fiori non ne vedremo quasi più, a breve. L'anno prossimo voglio piantare un cardamomo e un elleboro. Che razza di film è?»

«E perché mai cardamomo ed elleboro?»

«Non saprei. Mi piacciono questi nomi. E poi un tarassaco. Senti che bellezza, ta-ras-sa-co. Sido avrebbe saputo dire se sono adatti a questo terreno. Allora, parlami del film.»

«Un caso di sdoppiamento drammatico della personalità. Angelo e diavolo, nel medesimo individuo. Grazie a un farmaco che l'uomo sperimenta su se stesso. Sotto il suo effetto, il protagonista sa rendersi capace delle peggiori efferatezze, uccide e poi, tornato in sé, è un medico che non farebbe male a una mosca. Léopold è andato da solo al salone del cinema. Sapete, Misz è facilmente impressionabile, la violenza che si scatena nel film poteva farle male, mi raccontava di aver avuto questa accortezza per proteggerla.»

«Léopold è un amico speciale. Un uomo paziente, gentile, che sa prendersi cura degli altri. È una esperienza commovente vedersi capita istintivamente così a fondo e così delicatamente quando sei triste e sei convinta di non darlo a vedere. Io posso dimenticare un insulto, ma mai una gentilezza, lo sai. E la sensibilità di Léo è davvero unica.»

«Sì, Léopold ha una capacità non comune, lui non cerca di immaginare come è una persona, lui *è* quella persona. Lui sa stare nelle persone. È la sua abilità. Me ne sono accorta, sapete? E quella sarà anche la sua forza nel lavoro, come sceneggiatore, come regista. Farà qualcosa di grande.»

In quel momento arrivò di corsa Bel-Gazou ad annunciare gridando che Bertrand s'era ferito a una mano, cadendo su un cardo, presso le dune: «Si è conficcato le spine ovunque, e sanguina. Siamo in cucina, vieni mamma».

Le labbra di Colette si poggiarono sul dorso di una mano aggraziata, dalle dita magre, ben disegnate, le unghie regolari e corte; con un ago, prima disinfettato sulla fiamma di una candela, estraeva le spine dal palmo, una per una, mentre il ragazzo si dava dello stupido e non smetteva di lagnarsi. Quand'ebbe finito, mentre tutti erano distratti, la bocca si ingoiò il mignolo, come fosse un bastoncino di zucchero, la sua lingua lo assaporava, e Bertrand smise di dire alcunché e chiudeva gli occhi.

Poco dopo, la cerimonia del tè, che li vide riuniti intorno al grande tavolo, prese il posto del consueto bagno pomeridiano: cadeva una pioggia sottile ma inesorabile. Le zampe di Souci, che odorava di cane bagnato e se ne stava sdraiato di traverso alla stanza, si muovevano correndo nei sogni e il gatto preferito di Colette, dal pelo rosso, aveva gli occhi vigili sotto le palpebre socchiuse. Lei li guardava, stringendo le mani a coppa sulla tazza.

«Sapete... ci sposiamo» annunciò Léopold. Lo disse di punto in bianco, così, semplicemente. «Misz ha ottenuto il divorzio e l'anno prossimo vorremmo tornare qui a passare la nostra luna di miele. Siamo stati bene con voi tutti.»

Colette alzò il viso dalle tempie larghe e dal mento appuntito: «Oh, decidere di qualcosa di così grave nella vita, dopo matura riflessione! Avete pensato bene, sul serio? Scegli piuttosto il colore di un abito, Misz...».

«Già fatto» rispose Misz, «indosserò un abito viola.»

«Ma non è colore da matrimonio!» intervenne Germaine.

«E bada di imparare a nuotare» aggiunse Francis. «L'anno prossimo non si accettano in questa casa che nuotatori provetti. Colette, puoi estendere a noi tutti le tue lezioni di nuoto? O solo Bertrand ha diritto a questo privilegio? Possiamo prenotarci per una collettiva, domani?»

Bertrand si aggiustava il fazzoletto bianco che gli copriva metà della mano, come un guanto senza dita, e sorrideva: «È tutta per voi, domani. Non nuoterò. Devo tenere all'asciutto la mia mano massacrata di spine».

* * *

Il giorno dopo, arrivarono a Saint-Malo troppo presto, nel pomeriggio. La marea si stava ritirando ma il ponticello di roccia che collegava la spiaggia all'isolotto dove Chateaubriand era sepolto non era ancora del tutto emerso.

Hélène si era preparata a questa gita con cura, portando con sé *Memorie d'oltretomba*, ma disperava di poterne leggere brani. Bel-Gazou si sarebbe sicuramente ribellata: non era lettura per una bambina di quell'età, sebbene avesse il dono di essere curiosa di tutto e ricettiva. Si limitò a leggere solo un passaggio, mentre, seduti contro la parete delle mura alla spiaggia, lei e Bertrand non staccavano gli occhi dalla piccola, in bilico sulle pietre scivolose di alghe.

C'era una luce sommessa: gabbiani, quasi fermi in volo di perlustrazione contro vento, muovevano il capo a destra e sinistra a scrutare pochi bagnanti che si attardavano a consumare una merenda di pane.

Mentre il promontorio verde era ancora isolato dall'acqua alta, Hélène iniziò a leggere: «La casa che abitavano allora i miei genitori è situata in una via buia e stretta di Saint-Malo, chiamata rue des Juifs: la casa è trasformata oggi in locanda. La camera dove partorì mia madre domina una parte deserta delle mura della città, e attraverso le finestre di quella camera si vede il mare, che si estende a perdita d'occhio, infrangendosi sugli scogli. (...) Ero quasi morto quando venni alla luce. I muggiti delle onde, sollevate da una burrasca che annunciava l'equinozio d'autunno, impedivano di udire le mie grida: mi hanno spesso raccontato questi particolari; la loro tristezza non mi si è mai cancellata dalla memoria. Non passa giorno senza che io riveda con la mente, pensando a quello che sono stato, lo scoglio sul quale sono nato, la camera in cui mia madre mi inflisse la vita, la tempesta il cui rumore cullò il mio primo sonno».

Queste parole colpirono l'attenzione di Bertrand, che

a lungo avrebbe trattenuto nella memoria la voce di Hélène, china sulle pagine.

«Pensa, Bertrand. Chateaubriand nacque davanti al mare e volle rimanere qui, per sempre. Non trovi romantico tutto questo?» Hélène aveva la serietà composta e un poco tediosa di una insegnante, ma il fiuto di una lettrice libera, esigente. La compagnia della donna calmava il ragazzo, gli permetteva di rilassarsi, di abbandonare la lieve tensione che Colette contribuiva quasi sempre ad alimentare. Con Hélène, bella di una bellezza ultima, di quella luce sfumata del sole che sta per tramontare, si godeva il piacere senza seduzione di una intesa profonda. Si era sdraiato accanto a lei e quasi si sarebbe addormentato, sulle note basse, piene di armonia della sua voce, se Bel-Gazou non avesse avvisato che l'acqua lambiva appena il ponte e si poteva passare, forse a piedi nudi.

Hélène continuò per poco: «Quando restava a casa, Chateaubriand dal tavolo contemplava quel mare che bagna le coste della Gran Bretagna, il suo sguardo riandava alle onde che poi lo avrebbero portato in America. Plinio dice della Bretagna: *Penisola che osserva l'Oceano*, e non manca di notare che "ciò che si ammira in queste terre è soprattutto la luna che sorge sulla terra e tramonta nel mare"». A malincuore si fermò: si era ascoltata, per una volta, scoprendo che Chateaubriand esigeva una lettura solitaria, non a voce alta, una lettura che presupponesse tempi lunghi, forse notturni, ma niente pause, e soprattutto niente sfondi d'aria aperta. Sì, *Memorie d'oltretomba* era libro da pareti conchiuse, da silenzi, pensava. Il suo amato Chateaubriand era stato un uomo minuzioso, ostinato, e forse egli stesso refrattario all'umanità, persino nell'isolamento dopo la morte, in quell'avamposto che guarda e vede solo l'oceano.

Si tolsero le scarpe e le tenevano in mano, camminando in fila per raggiungere la meta. Arrivati all'isolotto, percorsero una serie di sentieri concentrici che portavano alla cima di una collinetta verde e cespugliosa. E poi ci fu da scendere ancora di poco, quando videro finalmente la tomba, a picco sull'acqua. Una lastra di cemento, sormontata da una croce dai bordi spessi e arrotondati. Nessuna scritta e l'uomo che aveva scelto di finire in quel lembo di terra, abitato solo da uccelli marini, chiedeva Bel-Gazou, come mai se ne stava lì, come un senza nome qualsiasi?

«No, vedete, eccola una piccola lapide per i visitatori, qui dietro, venite a vedere, ma la si nota appena, in mezzo ai rami che quasi la ricoprono» disse Bertrand, declamando: «Un grande scrittore francese ha voluto riposare qui per non ascoltare che il mare e il vento. Passante, rispetta la sua ultima volontà».

«Considera non solo i tramonti ma ogni alba, ogni rinascita del giorno che lui ha la fortuna di vedere, senza mai morire del tutto. Non è grandioso tutto questo?» disse Hélène.

«Colette si farebbe una sonora risata e una bevuta al mondo dei vivi, non credi, Hélène?»

«Sicuro, ma noi due siamo un po' cultori del crepuscolo, delle penombre, e tu, che ancora non lo sai, lo capirai fra qualche tempo. Ancora qualche decina di anni e, se mai tornerai in Bretagna, capirai che qui, e solo in questi paesaggi di brume e venti, c'è un angolo di segreta passione, che non potrai fare a meno di ritrovare. Sei troppo giovane, Bertrand, e senza passato, senza veri lutti del cuore. E dunque non puoi scegliere dove fondare la tua casa, dove sentirti simile a chi ti abita.»

Bel-Gazou si stava rotolando su un pendio, come il suo cane nella merda delle vacche. I due la chiamarono inutilmente. Il suo completo bianco era rovinosamente macchiato.

Per un momento rimasero tutti e tre silenziosi ad ammirare dall'alto la superficie del mare diventata completamente rossa e dorata, per effetto del sole al tramonto. Hélène si staccò un momento da loro, indietreggiò e scattò una fotografia ai due, ripresi di spalle, con discrezione, come due silhouette. Non sentiva ciò che Bertrand diceva alla bambina: «Dio, come puzzi di cacca. Stai lontana da me almeno dieci passi».

Prima di rientrare a casa, dovettero accontentare Bel-Gazou e portarla a fare un'ultima passeggiata sul lungomare di Saint-Malo, dove scendeva l'oscurità velata della sera e cominciavano proprio allora ad accendere i primi lampioni. Bertrand camminava lentamente accanto a Hélène, la bambina correva avanti, di nuovo senza scarpe, contando i passi. Ogni tanto si piegava a guardare i riccioli che i vermi di mare disseminavano sulla sabbia indurita per emergere, senza mostrarsi. «Che schifo, è davvero impressionante» diceva «però guardate che bravura, sembrano nastrini e quanti sono! Ma quanti vermi abitano sotto i nostri piedi? E quanti esseri dormono nell'acqua?»

Poi chiese a Bertrand una monetina da gettare nel mare, che cominciava a scurire, prese bene la mira, inclinando il busto, e la scagliò il più lontano possibile, spingendosi dove la riva le permetteva di arrivare. «È per tornare qui. Lo sapete che la moneta esaudirà i miei desideri? E ho chiesto anche di non crescere e di restare come sono. Io non voglio diventare grande. Non voglio crescere, invecchiare e morire come l'uomo che si è fatto seppellire sull'isola. Voglio avere per sempre otto anni.»

***

«*Et voilà!*» esclamò Colette trionfante, portando in tavola un soufflé che fumava e nascondeva al suo interno un gelato acido e rosso.

Non si era accorta che Bel-Gazou aveva collocato in centro tavola un vaso di vetro blu, ma quando le cadde lo sguardo sul contenuto di piume di uccelli che aveva raccolto alla spiaggia, cambiò repentinamente umore: «Leva quelle piume dal vaso e rimettici le mie dalie e non ci riprovare mai più».

Per fortuna, Francis riprese i suoi ragionamenti: «Dobbiamo ammettere che non ci è andata poi tanto male. Sì, abbiamo avuto una guerra difficile e la Francia sta lottando ancora per difendere i suoi confini a suon di trattati, ma non è stata così catastrofica, ad eccezione della battaglia di Verdun dove sono morti trecentocinquantamila soldati, e noi ne siamo stati in fondo risparmiati. Problemi di sopravvivenza? Anche qui, credo di poter dire che tutti ci siamo ripresi e non ce la passiamo poi tanto male. Facciamo la nostra parte più che dignitosamente. Apparteniamo a una élite di artisti che sta dando modeste soddisfazioni alla nazione...».

«Modeste?» esclamò Germaine Beaumont.

Carco riprese: «Grandi tragedie dell'umanità? Oh, sì,

l'epidemia di spagnola, che nel 1918 si è portata via nel mondo dieci milioni di persone e il nostro amato Apollinaire, e chissà quali altri mali endemici ancora soffriremo, ma...».

«Sì, ma noi possiamo starcene qui, in questo buen retiro, ospiti di Colette» intervenne Léo «a parlare dei nostri mestieri, dei nostri interessi, a ragionare di letteratura, di arte. Ce ne vergogniamo?»

«E talvolta a parlare impunemente d'amore» aggiunse Germaine.

Colette ed Hélène tacevano, impegnate a distribuire porzioni di dessert rigorosamente uguali, per non scontentare nessuno.

«Voi, voi donne forse, a parlare d'amore, quando non siamo presenti, e a sparlare alle nostre spalle!»

Colette non si trattenne: «Senti senti. Le ragazze cambiano colore al calore del desiderio maschile, che abbiano quindici anni o trenta, e tu lo sai bene, vero Francis?».

«Il cuore non ha mai rughe, non ha che cicatrici» Carco le rispose pronto.

Bertrand teneva il braccio attorno alle spalle di Bel-Gazou, ma seguiva i discorsi con grande attenzione, senza intervenire.

Anche Hélène finalmente si intromise nella conversazione: «Le donne sì, parlano spesso dell'amore, anche se fra amiche difficilmente si ha il coraggio di ammettere di cosa si sente veramente la mancanza. Ma di una cosa che si conosce bene perché la si è avuta, non si è mai del tutto prive».

«E noi uomini» fece eco Léopold «sosteniamo che dell'amore non si può parlare. Ma io sono stato fortunato. Ho una compagna che condivide le mie passioni, i miei interessi. E tu che puoi dire, Francis, a proposito?»

«Anch'io sono fortunato, per quanto pensi che l'amore perfetto è quello che viene interrotto repentinamente, mentre è ancora vivo e forte. Sta per sempre in un luogo intangibile e la sua mancanza ne prolunga il desiderio all'infinito.»

Colette, rivolgendosi a Hélène con un sorriso, disse la sua: «Ci sono esseri che sanno amare senza reciprocità e questa è la loro grandezza», chiudendo l'argomento. «Ma ora, propongo che a lavare i piatti sia proprio Francis, che è stato il più convincente e che se ne intende, hai nulla in contrario Germaine?» La moglie di Carco, chiamata in causa, non seppe rispondere e si limitò ad accavallare le lunghe gambe.

«Ehi, sapete, un passerotto è venuto a morire sul tappetino dell'ingresso. Se ne stava con un'ala aperta, quasi staccata dal corpo, e il capo un po' piegato di lato» raccontava Bel-Gazou «non sapevo come aiutarlo, ma anche se mi avvicinavo, non poteva scappare. Era ferito, forse. Non poteva più volare. Ogni tanto tremava. Oggi l'ho rivisto: rigido, sdraiato su un fianco, le zampe rattrappite e gli occhi chiusi. I gatti lo annusavano, senza toccarlo. Quanto ci avrà messo a morire, Bertrand?»

***

Il sonno stentava ad arrivare. Colette, nel suo letto, continuava a girarsi e rigirarsi. Cercava, coi piedi, angoli freschi del materasso. Pensava al cassetto segreto che conteneva le lettere di Missy, un mucchietto tenuto insieme da un nastro di gros-grain. Le aveva trovate grazie a una chiave nascosta nella biancheria. Per giorni si era tenuta la chiave fra le mani, incapace di ricordare cosa potesse custodire. Aveva compiuto alcuni tentativi senza risultato. E poi, un giorno, per caso, la chiave aveva incontrato la serratura di un cassetto da sempre ignorato.

Le lettere erano indirizzate a lei, ma mai arrivate a destinazione. Probabilmente Missy le aveva scritte pensando di consegnarle, ma doveva essersi pentita, senza abbandonare l'abitudine di continuare quei colloqui segreti. Colette ne aveva lette soltanto due, e s'era subito fermata. Parlavano della natura del suo sentimento per lei, ma lo stile era melenso, a volte insolente. «Questa non è Missy» aveva pensato. «È incredibile come si possa vivere accanto a una persona che poi si rivela, nei pensieri intimi, completamente estranea al nostro sentire. Irriconoscibile. Come ho potuto sbagliarmi in modo così clamoroso sul suo conto? Credere che mi abbia amata in un certo modo e scoprire che eravamo tanto distanti. Avevamo desideri, sogni differenti.» Non avrebbe continuato la lettura. Le lettere le avrebbe certamente distrutte.

Tacevano i rumori nella casa, ma il silenzio non le assecondava il sonno. Si alzò, accese il lume schermato da un foglio azzurro, si mise a leggere pagine del suo Balzac, che teneva sul comodino. La mente però tornava alle parole di Missy e vi si perdeva: «Soprattutto i nostri tempi non coincidono, mia amata Colette. Il tempo è un elastico, lo sai?, che si allunga o si accorcia. Noi abbiamo bruciato anni in pochi mesi. E poi, abbiamo scelto due dimensioni del tempo che non si sono più incontrate».

Si tolse la camicia di lino, aveva caldo. Si versò da

bere dalla brocca d'acqua che teneva sempre accanto a sé. Prese un foglio di carta e la stilografica gialla e seduta sul letto, un cuscino sulle ginocchia, annotò una frase per una lettera a Henry de Jouvenel: «Sai benissimo che io posso essere solo molto triste o molto felice a causa tua. Tu conosci il mio desiderio. Ne ho uno soltanto. Ha il tuo viso e la tua forma e come limite la mia vita».

Spense il fanale azzurro della lampada e chiuse gli occhi, senza dormire. «Comincia il pensare» disse fra sé e poi, continuando nella testa la lettera al marito: «Come chiudi gli occhi stasera? Io con te».

Vedeva i due uomini della sua vita, Henry e Bertrand, padre e figlio accomunati dal loro modo di cedere al sonno. Entrambi appesantivano il respiro per gradi, rimanendo all'inizio supini, le braccia abbandonate lungo i fianchi. Era il momento che lei non voleva assolutamente perdersi, quasi si sentisse in dovere di accompagnarli almeno per un tratto là dove le era impossibile seguirli. Quando percepiva il momento del congedo, sul margine dei sogni, li lasciava andare, non senza un ultimo sguardo, prima di tornare al proprio letto: Henry apriva la bocca, in una smorfia che evocava fattezze di morte; Bertrand si rannicchiava su se stesso in posizione fetale e, dopo alcuni sospiri prolungati, russava debolmente, come fanno a volte i bambini.

C'era un odore strano nella camera, da giorni, ma lo notava solo quando non riusciva a prender sonno. Un odore di marcio. Le gatte arrivarono di slancio sul letto. Una stava sul cuscino e la annusava. Sentiva il solletico dei baffi intorno all'orecchio. L'altra con delicatezza poggiava la zampa sul suo braccio: poteva percepire il peso lieve del corpo che la scavalcava e andava a mettersi nell'incavo delle sue gambe, dietro le ginocchia. L'intimità del sonno, pensò, ancora un poco sveglia, un territorio dove ogni essere umano si ricongiunge all'infanzia. Non esiste momento privato più segreto e insieme rivelatore, di riti e rumori, di nudità involontariamente esibite, e non solo del corpo, una intimità notturna che non andrebbe mai spiata, seppure connotata di nobiltà e di una semplicità primitiva, che può intenerire chi condivide il letto.

Anche gli altri, non tutti addormentati nelle loro camere, avevano idee in testa, prima del sonno. Bel-Gazou si assopì con un sorriso, pensando che un giorno o l'altro le sarebbe accaduto di incontrare il mitico uccello gravelot. Bertrand pensava ai giochi d'amore che Colette ancora gli avrebbe insegnato. Hélène meditava il ritorno a casa da sola, insieme all'autunno. Léo ai preparativi per il matrimonio. Francis a come si sarebbe sbarazzato di Germaine per una nuova fuga d'amore. Germaine Carco a quale colore avrebbe dato alle pareti della camera, se mai il suo bimbo fosse nato.

Colette era la sola a resistere, accuratamente vigile, gli occhi affollati di immagini, per quanto cercasse di interrompere i pensieri, di non pensare più a niente. Voleva soltanto accorgersi del momento in cui il sonno lentamente l'avrebbe invasa, come un torpore che parte dalle estremità delle membra e sale verso l'alto, sino a lasciarle la mente leggera, come in acqua, aperta al vagare disordinato dei sogni.

Nel culmine della notte furono svegliati da rumori secchi, distanziati, e non tutti capirono subito che si trattava di spari. I colpi furono due e produssero un'eco, amplificata dal silenzio. Trambusto e porte aperte, passi nel corridoio e sulle scale. Ancora assonnati, scesero in cucina e trovarono Bel-Gazou con la doppietta imbracciata, vicino alla finestra aperta, che dava sul giardino.

«Ma che stai facendo? Sei impazzita?» la assalì sua madre.

«Calma, bambina mia...» sopraggiunse Hélène, cauta. «E adesso spiega cosa è successo. Perché hai sparato? E dove hai trovato il fucile?»

Francis, Léo avrebbero voluto intervenire, con l'autorità maschile che nei casi di emergenza dovrebbe dar prova di sé, ma la situazione li aveva spiazzati. Bertrand tolse dalle mani di Bel-Gazou il fucile e questo infine la mosse a spiegare: «Ho sentito dei rumori strani, ero sveglia, c'era qualcuno in giardino. Ho visto delle ombre. Più di una figura, nel buio, e si avvicinavano alla casa. Giorni fa avevo notato il fucile carico dentro l'armadio grande nella biblioteca. Ho sparato... Sono fuggiti. Ho visto la loro corsa verso il cancello...».

Colette le assestò una sberla sulla nuca, con violenza. Germaine la fermò appena in tempo e tentava di spingerla fuori dalla stanza. Rimasero intorno alla bambina, incapaci di parlare, limitandosi a guardarla come un fenomeno mai visto prima. Bertrand, sussurrandole qualcosa nell'orecchio, che altri non poté udire, la portò in camera. Fu il segnale per tutti che lo spettacolo, l'incidente era chiuso.

Hélène rigirava l'arma nelle mani e, seduta su una sedia, fece scorrere un'ora intera, confusa, allarmata, ancora in parte spaventata. Svuotata di pensieri. Al mattino presto, fu lei a scovare nell'erba due dita recise, insanguinate, l'indice e il medio, così le sembrò, di una mano maschile robusta. Stava perlustrando il sentiero di ghiaia, con attenzione, alla ricerca di qualcosa, quando sul bordo del prato si era chinata verso due forme rosate che a prima vista sembravano lumache. Non lo capì subito e le ci volle del tempo anche per trovare il coraggio di toccarle, con un fazzoletto. Le avrebbe fatte sparire senza dire nulla a nessuno. Alzandosi notò Colette, presso la siepe, a cinque metri da lei. Se ne stava immobile, ma ebbe la certezza che sapesse.

***

Entro nella stanza mentre sta imburrando delle tartine: sul tavolo ha sparso un mucchietto di fotografie. Si lecca un dito unto e ripassa le immagini, prendendo appunti su un foglio.

«Bene che vada queste fotografie che rischio di sporcare mi ricorderanno la merenda di burro.» Colette mi guarda e io non so cosa rispondere. Da giorni ha ripreso a stare più spesso isolata, con un accanimento che non le conoscevo.

«Vi disturbo?» le chiedo.

«Le fotografie andrebbero guardate quando si è soli, però siedi qui, Hélène, accanto a me. Se non avessi la certezza documentata di queste immagini, potrei dubitare di me stessa. La foto ti permette di vedere, vale a dire ricordare, anche quello che non c'è, quello che non è stato fissato dall'occhio, dall'obiettivo della macchina. Ti ho mai raccontato del mio volo in aeroplano?»

Le cartoline la ritraggono accanto e poi dentro un velivolo, l'aerobus *Caudron*, con il quale mi dice di aver compiuto il volo inaugurale Parigi-Londra nel gennaio del 1919. Vestita come un esquimese, con sciarpa, passamontagna e un paio di enormi occhiali scuri a nasconderle completamente la faccia.

«Dovete aver patito un freddo polare» commento.

Lei non risponde, preferisce farmi notare che l'aereo le pareva un giocattolo di cartapesta per bambini. E che le tremavano le ginocchia quando vi salì e prese posto nel suo scomodissimo sedile, le gambe che non sapevano dove e come stare. Ma poi, quando si alzò in volo, mentre le eliche facevano un rumore impressionante e tutto vibrava, aveva sentito quella spinta formidabile dietro la schiena, che la portava in alto, come «una mano che ti dà una pacca sul culo», e da quel momento l'estasi di volare le aveva fatto dimenticare la paura.

«Dovevo scrivere un resoconto per "Le Matin", parlare di questo evento nuovo, che accorciava le distanze fra due città, le due capitali d'Europa. Ma mi persi a descrivere la vertigine di chi non ha mai volato e sente per la prima volta che tutto è possibile. Sorvolare il mondo: una specie di delirio di potenza molto pericoloso. Una sinfonia wagneriana. Guardare giù e vedere il paesaggio come un disegno, dove indovinare esseri umani piccoli come formiche.»

Colette non smette di imburrare le sue tartine. Mangia con golosità. È reduce dalla nuotata quotidiana, divora il pane con la stessa voracità con la quale consuma i sentimenti.

«Hai un po' di zucchero, mia cara?»

Le prendo lo zucchero, che mette sul burro come fosse sale.

«Volare ti fa sentire che puoi addomesticare gli elementi, la natura. Non solo l'acqua, ma l'aria è la strada che puoi percorrere, anziché camminare o nuotare.»

Le sorrido e devo avere l'espressione ebete di chi invidia una esperienza che mai potrà condividere, ma insieme ha la testa altrove.

«Sai, Hélène, sto scrivendo un articolo sul guardare. Forse diventerà un piccolo saggio, non lo so ancora. Lo guardo di continuo, ma sono convinta che l'occhio a volte non si rende conto delle immagini che cattura. E meglio sarebbe se riuscissi a capire, e dunque a raccontare, come guardano i nostri occhi e come guardano gli occhi dentro un apparecchio fotografico. I nostri sguardi e le fotografie, che sono attimi del guardare fissati per sempre su un cartoncino. La nostra mente mobile è una lastra che registra e si limita a riprodurre. Per quanto ci sforziamo, la vita corre più in fretta di una fotografia. Hai presente la velocità delle nuvole qui al mare? Forse tu ci hai provato con la tua macchina fotografica. Cerchi di fissarle con una immagine, una descrizione, ma non riesci mai a stare dietro al movimento. Guardi, e un attimo dopo tutto è cambiato, le forme delle nuvole sono già diventate altro. Il paradosso è questo: l'esistenza non si ripete, si limita a scorrere mutevolmente, ma la fotografia la fa diventare eterna. Moltiplica l'istante all'infinito. Inoltre, mentre guardi una foto, hai l'impressione di annusare odori che non ci sono, di ascoltare suoni che non ci sono, ma che tu puoi rammentare. Persino di vedere quello che non c'è mai stato. Non trovi che scriverne sarebbe una buona idea?»

Questa donna non smette di sorprendermi e di affascinarmi. Le vivo accanto da qualche mese, eppure è come se la conoscessi da sempre. Io cerco di portarla sui miei percorsi di pensiero, che devono sembrarle monotoni e noiosi, e lei ha la fantasia in perenne dinamismo creativo. L'esuberanza delle sue energie è incolmabile, quel tesoro di energia che esige la vita dei solitari.

«Hélène, dimmi a cosa stai pensando.»

E io come posso riportarla dove voglio, adesso?

«Qualcosa che non riesco a dire...» confesso a mezza voce.

Vorrei sentirle ammettere che le cose a volte ci vengono incontro, inaspettate. Che la sicurezza imbecille delle donne amate non mi deve far passare il desiderio di amare.

«Hélène, Hélène. Te lo dico per l'ultima volta e non ci tornerò mai più. Amore non è casa, non è famiglia. Non è pace. Quei tuoi occhi neri e acuti come capocchie di spillo scrutano la vita alla ricerca di qualcosa che continui a perdere.»

So che adesso, immancabilmente, mi dirà che scelgo male gli uomini che vorrei amare. E io non avrò la forza di contraddirla. Non gliene importa gran che di questa sua amica un po' fastidiosa e malata, che alla fine lei abbandonerà a se stessa.

«Scegli sempre uomini sbagliati e non te ne accorgi. Ma, a stare sola, non fai che guadagnare, credimi. Vuoi mettere le tue grandi virtù di solitaria? L'indipendenza di una donna libera? Io non la baratterei per nulla al mondo. E non ti dico altro. Senti che baccano fanno quei due di là. Chi è che sta gridando? Vai a vedere, per favore, e falli smettere. Invecchiando, provo sempre più disgusto per gli esseri massicci e chiassosi.»

* * *

Bel-Gazou si precipitò in cucina, stringendo fra le dita l'ala di un pipistrello rinsecchito. Lo guardava con una curiosità per niente adombrata di disgusto.

«Guarda mamma, che meraviglia. Guarda che razza di animale. Sembra un topo con le ali. È un topo alato. Non ha una espressione dolce, devo ammettere, e le fessure del suo naso fanno pensare a un mostro in miniatura. Ma vedi come fa a tenersi appeso: ha questi piccoli uncini. Secondo te i pipistrelli dormono a testa in giù?»

«Dove lo hai trovato? Buttalo nella spazzatura. Ci mancherebbe che ti infettassi con un pipistrello morto» le rispose Germaine.

«Vuoi vedere» disse Colette «che era questo animale a puzzare in maniera insopportabile nella mia stanza?»

Bel-Gazou era già sparita per il terrore che le facessero buttare via il pipistrello che lei voleva analizzare. Bertrand la rincorse. Si era seduta sulla panca in giardino e aveva steso la sua preda, allargando le ali con l'aiuto di un bastoncino di legno.

«Guarda, Bertrand, guarda che piccolo capolavoro di perfezione.»

Uno dei gatti era venuto a curiosare e lei lo aveva subito allontanato.

«L'ho trovato sull'armadio, in camera di mamma. Mi sono arrampicata sulla sedia e l'ho visto. Ho dovuto usare il manico della scopa per attirarlo. Avevo paura che potesse svegliarsi e mettersi in movimento.»

«E che ci facevi a curiosare sulla cima di un armadio?»

«Non ti so dire, ma c'era un odore e la mamma si lamentava da giorni che qualcosa nella sua stanza puzzava di marcio. Ho guardato prima sotto il letto e poi nei cassetti. E insomma dappertutto. Qualcosa mi diceva che dovevo salire in alto.»

«Ecco dov'era finito il pipistrello che svolazzava quando siamo arrivati a Rozven. Probabilmente è rimasto lì a lungo, senza trovare la forza di scappare.»

«I pipistrelli dormono di giorno, Bertrand? Si sarà addormentato troppo.»

Colette arrivò con uno straccio. «Dammi qua...»

«Mamma, ti prego, posso tenerlo ancora un po'? Vorrei farlo bollire e poi vedere come sono le sue ossa sottili, senza carne.»

Colette, svelta, lo avvolse nello strofinaccio e sparì.

«Bertrand, non era da buttare, vero? Non era bellissimo?»

Un battito di mani li fece accorrere di nuovo in cucina.

C'era una torta di cioccolato sul tavolo e qualcuno aveva già soffiato sulle candeline che mandavano fumo e odore di zolfo.

Il compleanno di Léopold era trapelato per caso, da un accenno di Misz che si era affannata a cercare un regalo (inutilmente, in paese non c'erano negozi se non di generi di prima necessità). Le guance di Léopold si erano tinte di lieve rossore, subito dopo aver spento le poche candeline che non assommavano alla cifra reale dei suoi anni.

«Vi ringrazio, amici miei. Sono commosso. Ho passato con voi giorni indimenticabili. Brindo all'amicizia, che a volte può salvare la vita.»

Il rossore non abbandonava le sue gote, alimentato dal vino di una bottiglia che Francis aveva inaugurato per l'occasione, stappandola con un botto secco. Léopold dimostrava meno dei suoi ventinove anni, e il suo garbo era rimasto quello di un adolescente timido, che non di rado trovava rispondenza più profonda in Bertrand, per quanto i due non trascorressero molto tempo insieme.

«A vivere si impara?» buttò lì Francis, a commento delle parole di Léopold, con apparente nonchalance che copriva un minimo di commozione. «La felicità non insegna nulla, vero Colette?» aggiunse, ma poi abbandonò la frase che restò sospesa, mentre tutti, chini sui piatti, erano impegnati a divorarsi fette di torta che avrebbero desiderato più abbondanti.

Colette taceva. Si avvicinavano i giorni delle partenze. E lei si preparava a salutarli, uno dopo l'altro, convinta che l'esperimento di quell'anno dovesse essere ripetuto, più o meno con gli stessi ospiti e le medesime abitudini.

***

«Verrai con me, più tardi, alla spiaggia, Bertrand? È la notte delle stelle cadenti. Dobbiamo aspettare due ore, almeno sino a mezzanotte, ma ricorda di portare una pesante coperta di lana. Farà freddo.»

Bertrand aveva sonno e si sarebbe coricato di lì a poco, ma ingannava il tempo leggendo svogliatamente, senza unirsi ai discorsi degli altri. Aveva per le mani un volume di Voltaire, sostituito a Shakespeare appena terminato (Colette proseguiva con puntiglio la sua educazione letteraria). Ma mentre occhi e mente scorrevano le righe di stampa, talvolta perdendo il filo del discorso e tornando su passi quasi ignorati, le sue orecchie erano attratte dal racconto che Léopold, infervorandosi, faceva di una tennista che in Inghilterra aveva di recente sbaragliato tutte le avversarie. «Minuta ma forte» diceva «il suo nome è Suzanne Lenglen e si muove con la grazia di una libellula.»

«Faresti un film su di lei?» gli chiedeva Germaine Beaumont, appassionata di sport.

«E perché no? Ho visto solo delle fotografie, ma troverò l'occasione di assistere a una partita dal vivo e vi dirò se ne vale la pena. Magari un documentario, su come si prepara, sugli allenamenti, le competizioni... Non so, pare sia già molto famosa. E ha uno stile tutto particolare nel tenere la racchetta e nel colpire di rovescio.»

Bertrand tornava a Voltaire, ma il testo non correva quella sera.

«Coraggio, mia piccola Colette Rénee, è tempo di andare a letto, e senza storie questa sera.» Colette spingeva Bel-Gazou su per le scale, dandole piccole pacche sul sedere. Il fratello la raggiunse, lasciando il libro aperto sul divano, segno di una breve interruzione che gli era necessaria.

«Che cosa vuoi che ti racconti? Hai sonno o sei disposta ad ascoltare... ad ascoltare la storia di un nano dalle mani di gigante, per esempio?»

«Il nano non mi piace, Bertrand. Perché non mi dici come vedi tu questa Suzanne di cui parlava Léo. Tu giochi a tennis?»

«Sì, che gioco a tennis, ma mi piace di più nuotare,

adesso che sto imparando bene. E poi sono mancino e tenere la racchetta con la sinistra non ti facilita nel gioco, ti costringe a delle acrobazie non sempre facili.»

«Io non possiedo una racchetta, Bertrand, ma ci insegnano a giocare nella mia scuola.»

«Te ne farò dono io, se vuoi. Va bene per il prossimo Natale?»

«No, voglio la cassetta del postino, che ho visto in vetrina a Saint-Malo.»

«Ma quella l'avrai dalla mamma.»

«Non se ne ricorderà, puoi scommetterci.»

«Vedo che i tuoi occhi si fanno piccoli e di tanto in tanto si chiudono. Hai sonno? Spengo la luce?»

«Non spegnere. E dimmi della ragazza che gioca a tennis. Voglio vederla.»

«Suzanne ha i capelli raccolti in una coda, che quando gioca si muove come la coda di un cavallo al galoppo.»

«Come lo sai? L'hai vista anche tu?»

«No, ma cerco di immaginarla. Posso inventare la sua storia, e so che ci andrò molto vicino. Suo padre le ha messo la racchetta in mano quando aveva poco più della tua età ed è stato il suo primo maestro. Suzanne, quando gioca, pensa che le amazzoni tiravano con l'arco e forse sapevano correre quanto lei...»

«Chi sono le amazzoni?»

«Donne guerriere, forti come leonesse.»

«Nuotavano le amazzoni?»

«Sapevano fare anche quello. Erano imbattibili in tutto.»

«Voglio essere un'amazzone. E forse giocare a tennis come Suzanne. Ma per ora non so chi sono e non voglio cambiare nulla. Non riesco ad abituarmi a vivere...»

«Piccola Bel-Gazou, il mio delfino del Nord, domani faremo una gara di nuoto, la mamma e noi due, e tu ci lascerai indietro di molte bracciate. Allora saprai che ci vuole passione per vincere e sarai fiera di te.»

«Papà non viene a trovarci qui a Rozven?»

«Può darsi che ci raggiunga, prima che si torni a Parigi, ma non so bene dove si trova adesso.»

«Papà è stato un buon papà con te?»

«Sì, credo di sì. Ma non mi ha insegnato a giocare a tennis.»

«E cosa ti ha insegnato?»

«A trovare la strada.»

«Quando ti smarrisci?»

«E anche quando sai bene dove sei. Una strada che non si confonda con un'altra e non ti faccia perdere l'orientamento. Mi ha regalato una bussola.»

«Mi fai vedere, Bertrand?»

«Non è nella tasca di questi pantaloni. Devo cercartela e poi torno. Mi aspetti?»

«Sì, ma fai presto e lascia accesa la luce.»

Bertrand tornò, Bel-Gazou stava già dormendo. Appoggiò delicatamente la piccola bussola sul comodino e andò a cercare la coperta di pelliccia.

* * *

Si avviarono con una torcia, ma Colette camminava spedita al buio, sapendo bene dove mettere i piedi, calzati di stivaletti. Avrebbe potuto muoversi a occhi chiusi. Lo precedeva e gli indicava i passaggi più impervi che conducevano alla spiaggia. Indossava due robusti maglioni di lana uno sull'altro, che le coprivano anche le mani, e una gonna lunga di velluto verde bottiglia. Aveva girato più volte intorno al collo una sciarpa, colore dei suoi capelli.

Bertrand calcava le sue orme, una dopo l'altra, e già aveva freddo, perché era magro e non aveva portato con sé, al mare, vestiti pesanti. Ma non voleva che lei se ne accorgesse e pensava al modo di riscaldare le mani per accarezzarla senza procurarle brividi.

Non parlavano. Colette si fermò a guardare il cielo, prima di scendere la scaletta ripida verso la baia. C'era una stellata limpida, insolita da quelle parti, dopo giorni di piogge e nuvole permanenti. Erano fortunati, pensò. Un piccolo miracolo, quasi alla fine dell'estate, come se la stagione volesse congedarsi con il più fantastico dei panorami: un largo proscenio di luci nette, basse, rilevate nella notte chiara, nonostante l'unghia di luna pallida, che stava allontanandosi velocemente sul lato destro. Uno specchio il mare, con ondine calme e lontane per la bassa marea.

«Questo avvallamento mi piace» disse Colette, stendendo una stuoia sufficiente per entrambi. «Sdraiati qui, vicino.»

Rimasero in silenzio a lungo, con gli occhi fissi al cielo. Leggermente distanti. Lui si sentiva ingarbugliato e distratto. Lei lo capì, si sollevò e si appoggiò al suo torace, ma era piccola e non arrivava al suo viso. La sua bocca raggiunse le labbra di Bertrand, la lingua ne percorse il contorno, entrò. La bocca di Bertrand si lasciò aprire come una prugna matura che si spacca al sole. Il bacio era leggero, non sostava, si limitò a sfiorare, a giocare con piccoli rapidi tocchi. Si staccò brevemente. Il suo sguardo mobilissimo andava e veniva dagli occhi alla bocca di Bertrand, dalla bocca alle palpebre, e gli scrutava il viso. Poi, riprese a baciarlo. Un bacio profondo, ritmato, lungo. Schiacciato. E si fermò ancora ad aspettare una risposta che non veniva.

«Guarda, Bertrand» e, di nuovo supina, gli indicava con l'indice le stelle «guarda lassù, la meraviglia di questo spettacolo. Non possiamo, non dobbiamo fare altro che guardare.»

Bertrand rimaneva in silenzio, tra emozione e disagio.

«Potrei mostrarti le costellazioni. Vedi bene? Adesso la luce è ferma, le luci sono ferme. Guarda senza interromperti, senza distrarti. Orione, lo scorpione e il serpente. E poi il grande carro e il piccolo carro. Papà mi prendeva sulle ginocchia, d'estate, e abbracciandomi, usava le mie braccia e le mie mani per indicarmi ogni figura e a tutte dava un nome. Oh, qualcuno fa sfoggio di conoscerle, come se conoscere a menadito le costellazioni fosse un privilegio raro, e quando qualcuno me ne parla, io fingo di non sapere nulla. Eppure le conosco bene. Preferisco, sai, appagare i miei occhi solo guardando le forme che a me piace immaginare. Guardo e mi invento animali strani. Vedi quel ricciolo di comete? La notte disegna stelle nuove se sai guardare... Bisogna imparare a guardare. Osservare, e qualcosa arriva, da lontano, e ti lascia entrare, si fa leggere, si fa conoscere, amare forse.»

«Oh, sì, ecco, un volo di stella in caduta. Hai visto? Sembrava una eternità, ma è durato un attimo.»

«Sta cominciando la danza delle stelle cadenti. Evviva. Se hai pazienza, ne vedrai ancora e per tutte puoi desiderare ...»

«Hai freddo, Colette?» le chiese Bertrand, ma aveva

lui stesso le mani gelate e, mentre Colette lo baciava, sentiva che non riusciva a desiderarla, non riusciva a tenere l'erezione. Non era mai successo e se ne rammaricò, quando la mano di lei frugò nei suoi pantaloni.

«Non devi preoccuparti, Bertrand. Capita, a volte.» E quando il ritmo con il quale lei lo accarezzava aumentò d'intensità, a mala pena notò, senza capire, che Colette non smetteva di parlare: «Io vorrei insegnarti il modo di guardare. Questo solo conta, adesso. Insegnarti a guardare lentamente. Lo sai che si può guardare con lentezza?».

***

Cara Colette,

mi siedo nell'unico angolo di giardino che adesso è in ombra, a scrivervi.

È una giornata di sole pieno, rara in questo periodo della stagione che declina. Ai miei piedi la gatta sta soffiando minacciosa al gatto, e questo mi fa pensare che anche negli animali la natura femminile non si incontra con quella maschile se non in opposizione, nella lotta per il territorio. Quale territorio, poi? Per noi umani, quello dei sentimenti. La violenza dei miei a volte mi spaventa, ma sapete bene che so mascherare tutto sotto una calma apparente.

A volte penso che non ho imparato un bel nulla da questa estate lunga, al vostro fianco. Vi osservo di nascosto quando vi mettete la cipria e vi ripassate le labbra con quel rosso che pare un richiamo permanente sulla vostra bocca. Rosso ibisco, come il fiore sensuale che ho qui, vicino. Lo sapete meglio di me che l'ibisco dura la vita effimera di un giorno, la pianta lo rimpiazza subito, appena caduto, con un altro fiore.

La vostra straordinaria, dirompente femminilità, morbida, così irresistibile in ogni gesto, in ogni movenza, nella voce e negli sguardi, non mi apparterrà mai. Non sono capace di sedurre. Non ho imparato. Mia madre non ha saputo insegnarmi. E ora è troppo tardi.

Guardo spesso le vostre mani, come si muovono, come toccano, i seni scoperti e il vostro modo di anteporre le anche, eroticamente allusivo, quando sostate in piedi. Non sono capace di imitarvi. Datemi una corda e io vi legherò stretta a una sedia per rendervi inerme, perché siete una offesa al pudore. Ve lo dice una donna che nelle fantasie e nei desideri potrebbe superarvi. Sono spaventata dalla potenza delle mie passioni.

Mi dite che devo smettere con i miei pensieri insensati e infine, buon dio, prendermelo se mi piace, possederlo, farlo mio, senza inutili complimenti. Oppure mandarlo al diavolo. Non so farlo, Colette. Non posso, non so parlare. Non oso chiedere.

Ripasso all'infinito, ossessivamente, la sensazione dei nostri corpi che una sola volta si sono incontrati, nuda su nudo, e fu sogno. Mai, credetemi, ho provato incantamento più sublime per la pelle di un uomo sdraiato accanto a me. E non so fare altro che restare imprigionata nei sogni, quando dovrei continuare a stringere, toccare, assaggiare. Respirare, bocca su bocca.

Da dove nasce il desiderio? Da luoghi dell'anima denudati, da segnali oscuri, da presagi di verità? E soprattutto qual è il momento fatidico in cui il desiderio arriva e ci invade? Da mesi vivo con questa fissazione. Amavo di un amore sublime. Ne ho la mente devastata.

Voi lo sapete bene: non posso più lavorare, non posso scrivere, vivere. Il pensiero non stacca mai. Ne sono travolta e mi abbandono, senza opporre resistenza. Patisco. Adesso ho capito che cosa vuol dire camminare il mondo come se l'assenza che mi accompagna fosse per sempre la presenza più viva. Ma non desidero, non rimpiango nulla, sino al prossimo naufragio della mia anima.

Gli uomini non sanno proteggerci dalla sofferenza, avete ragione. Ma persisto nell'errore di illudermi del contrario.

«Vorrei che Colette non mi facesse soffrire» mi ha detto Bertrand, tempo fa, e ha aggiunto: «Io non potrò mai mentirle». Bertrand è un ragazzo che con voi è diventato adulto. In lui ripongo le mie speranze che nasca un uomo nuovo. Un uomo capace di amare nel modo giusto. Io non l'ho conosciuto.

Hélène Picard

***

Francis armeggiava furtivamente nel fianco di Hélène con tocco leggero al punto che lei non si era accorta di nulla e quando lui le disse nell'orecchio «Dopo che saremo partiti, conta fino a dieci e poi infila la mano in tasca», non capiva a cosa si riferisse. Notò solo il gesto delicato di lui quando le raddrizzò il colletto, dietro la nuca.

I bagagli erano già stati caricati in macchina, stipati. Per fortuna, Léopold aveva lasciato a Rozven alcuni libri, che andarono ad arricchire la biblioteca, e carte, che Colette avrebbe riportato a Parigi.

Francis con sua moglie Germaine, Léopold e Misz si erano messi addosso gli abiti più pesanti. Era una giornata freddissima. «Grazie al cielo si parte con il brutto tempo, meno nostalgia a pensarci» aveva commentato Léo, ma si capiva che era un po' triste.

Stavano in fila a prendersi baci e abbracci dal resto della compagnia, mancava solo Bel-Gazou, sparita chissà dove, perché aveva in odio i saluti. La chiamavano ma senza troppe insistenze, non si sarebbe fatta vedere, se non quando la macchina avesse varcato il cancello.

«Mi raccomando» diceva Germaine Beaumont «fate buon viaggio. Mi precedete di poco. Io parto fra due giorni. Ancora una settimana o due, e poi anche i nostri ospiti si renderanno conto che qui arriva il freddo, definitivamente. Ci attende un autunno movimentato, vero Francis?» Carco aspirava il fumo di una pipa, i capelli impomatati e lucidi, vestito di città, un sorriso sornione, mentre Colette apriva il pacchetto infiocchettato che lui le aveva donato, esibendo a tutti una lente di ingrandimento, e una dedica: «A Colette che guarda tutto il tempo».

«Amici miei, che dire? Non dico nulla, perché tutto suona di circostanza, ma sappiate che eravate pochi e avete fatto un gran rumore. E io vi sono grata della vostra sonora presenza. Vedete, il cane e i gatti vi girano intorno perché hanno capito che qualcosa qui cambierà, dopo la vostra partenza. Intanto, io nuoterò per voi, che vi perderete alcuni bagni freddi ma corroboranti. Pensate a noi, se potete, con sentimenti buoni. E, se anche fossero cattivi, vi perdoneremo... Ma adesso, niente lacrime, vero Misz?», Colette diede un pizzicotto alla guancia di Misz, silenziosa. «Su su, via via. Jean, metti in moto. Perderete il treno.»

Léopold aveva abbracciato Bertrand con un gesto enfatico e insieme affettuoso, come fanno spesso gli uomini fra loro, passandogli un braccio sopra la spalla e l'altro stretto sulla schiena: quando era salito in macchina, il ragazzo girava ancora su se stesso, impacciato. Il saluto gli aveva fatto pensare a sua madre, che forse avrebbe desiderato anche la sua partenza. Se solo avesse intuito qualcosa della sua vicenda con la matrigna, sarebbe piombata lei stessa a portarlo con sé il più lontano possibile.

«Sicuri di non dimenticare niente?» si affannava Hélène, sperando che Francis dicesse ancora qualcosa per lei, espressamente per lei. Ma lui pareva solo preoccupato di tenersi la moglie sotto braccio.

La macchina si mise in moto, dai finestrini nessun gesto scomposto, Colette si stava già avviando al mare (aveva indossato il costume, appena alzata dal letto), quando Bel-Gazou arrivò saltando e sbracciandosi, ma a bocca chiusa, poi tornò sui suoi passi e scomparve in casa, distratta da un pensiero improvviso.

Hélène contò sino a dieci, e quando la macchina, svoltando nel sentiero, era scomparsa, ma ancora si poteva udire il rombo del motore, infilò la mano nella tasca e ne trasse una rosa rossa, piccola e ancora in boccio. Era avvoltolata in un pezzetto di carta azzurra, forse sottratta a Colette, che lei ridusse in una pallina di carta. Per scrupolo, però, un attimo dopo, la riaprì e solo allora notò una frase, scritta frettolosamente a matita: «Non abbandonarti all'infelicità. Che il tuo cuore si conservi sano».

«Non fa niente e non cambia nulla. Non ho perduto

nulla e non ti rimpiangerò» disse fra sé, senza pensare che stava mentendo. «Si perde solo ciò che è necessario. Ciò che ci appartiene.»

Ma le parole di Francis, così strane, inaspettate, stavano dando vita in lei a un'ondata di commozione, la sentiva arrivare e non avrebbe fatto nulla per contrastarla. Per fortuna fu distratta dalle grida di Colette, che inseguiva la figlia. «Piccola ladruncola, dove hai nascosto il mio lavoro? Mi era venuta un'idea improvvisamente, e volevo cambiare una frase che non era chiara. Il mio saggio sul guardare... non fare finta di nulla. Dov'è finito? L'hai rubato?»

«Ma no, mamma, l'ho solo preso in prestito. Volevo leggere alcune pagine. Ho sbirciato qua e là, lo giuro, non tutto. Volevo chiederti una cosa: verrà un giorno che si potrà fotografare soltanto con gli occhi?»

* * *

«Il gatto si mise ai piedi del letto di mia madre che aveva iniziato a morire e non la lasciò un solo momento, finché lei se ne andò al terzo respiro pesante, e infine la portarono via. Così mi hanno raccontato. I gatti sentono avvicinarsi la morte e la accompagnano. Mi piace in fondo che qui a Rozven ci sia rimasta poca gente e molte bestie.» Colette, rientrata in fretta a casa dopo la nuotata pomeridiana, si stava asciugando i capelli e intanto parlava. Hélène, che l'aveva raggiunta in bagno, non poteva fare altro che ascoltarla.

«Come mai avete pensato alla morte di vostra madre?»

«Non lo so. Io non c'ero mentre moriva. Non ho avuto coraggio. L'ho lasciata sola. Sai cosa ho sentito raccontare in farmacia, tre giorni fa? Che in una delle case del paese hanno trovato lo scheletro di un bambino murato in camera da letto. Ti rendi conto? Un bambino ucciso e nascosto in piedi nel muro.»

«Perché dite ucciso? Cosa vi fa pensare che sia stato ammazzato?»

«Ma è evidente! Lo hanno nascosto per questo! Che senso aveva murarlo, altrimenti? Vi immaginate la scena? La violenza di un gesto simile? E nessuno che lo va a cercare, che si preoccupa di denunciarne la scomparsa. Ma via. Un dramma che si è consumato fra pareti domestiche chissà quanti anni fa. E come lo hanno scoperto? Abbattendo la parete per ingrandire la stanza.»

«Come si può dormire con questo peso sul cuore? E magari è stato il gesto folle di una madre.»

«Hélène, non ricamiamoci sopra. Lo sai che ho veduto finalmente l'amante della farmacista? Un uomo che cammina a passi lenti, i piedi un po' in fuori, la testa che ciondola di qui e di lì. Io detesto gli uomini che muovono la testa. Il mio Bertrand ha preso da suo padre. Camminano alti e leggeri, con quei passi senza peso degli uomini longilinei, che non fanno rumore. L'andatura elegante degli uomini dalla schiena lunga.»

«Vado ad accendere i lumi. Viene presto la sera. Sapete che mi immalinconisce la fine dell'estate. Ormai si cena quasi al buio...»

«Apriamo un Beaujolais, che ci mette di buon umore.»

Bertrand e Bel-Gazou entrarono in soggiorno tenendosi per mano.

«Mamma, accendiamo il camino, stasera?»

«No, c'è ancora qualche problema, ho chiamato Toczé per controllare la canna fumaria.»

«Ho scritto una pagina sulla nostra gita alle rocce scolpite.»

«Solo una paginetta? Hai così poco da raccontare?»

«Ho descritto i mostri marini, almeno quelli che ho potuto vedere...»

«Perché dici "quelli che ho potuto vedere"?»

«Le sculture erano confuse, io non ci ho capito un bel nulla.»

«Bisognava abituare l'occhio un poco alla volta a vedere. Quel matto che si è messo a scolpire le rocce a picco sul mare a Rothéneuf aveva le idee ben chiare. Probabilmente teneva con sé dei disegni, un progetto, ma preferisco pensare che abbia improvvisato, ogni giorno, da dieci anni a questa parte, a seconda dell'ispirazione del momento.»

«Qualcuno mi ha detto che ci stava ore e ore, solitario, senza neppure mangiare, e quando scendeva il buio, usava delle torce» intervenne Bertrand.

«Il fatto è che bisogna guardare attentamente, immaginando la direzione del suo scalpello. Dapprima le rocce sembrano un ammasso informe, con curve, buche, contorni indefinibili. Poi, basta un particolare, una bocca, i denti, le zampe e tutto si fa chiaro. Allora il nostro occhio isola, seleziona le figure e distingue di colpo, impara a leggere, smette di guardare e incomincia il vedere, prende vita una creatura mitologica», Colette spiegava e il tappo della bottiglia non si faceva aprire.

«E quando sbagliava, come avrà fatto a correggere?» chiese Bel-Gazou.

«Ma via, pensa invece alle sue mani, piene di calli e ferite» si inserì Bertrand.

«Ora rischio anch'io di ferirmi, questo maledettissimo cavatappi...»

Hélène era rientrata, pallida, infreddolita.

«Che hai, ragazza? Hai visto qualche fantasma?»

«È morto il gatto dal pelo rosso.»

«Oh, la mia creatura pelosa preferita, non mangiava da molte ore, non beveva più. Sono sicura che è andato a rosicchiare le radici di una pianta velenosa, per affrettare la sua fine. Gli animali sono molto più esperti di noi su queste faccende. Sanno curarsi e sanno anche come darsi la morte, quando è necessario.»

***

Hélène il camino aveva voluto accenderlo a ogni costo, nonostante le raccomandazioni contrarie di Colette («La canna fumaria è ostruita, il camino non tira» aveva detto il giardiniere Toczé «chissà da quanto tempo non lo usate...»). Era freddo in casa e lei voleva leggersi il suo Baudelaire davanti alla fiamma. Il fuoco aveva preso subito a lambire e divorarsi i ciocchi di legno accatastati scrupolosamente uno sull'altro: aveva bruciato alcuni fogli di poesie scritte a mano, che preferiva distruggere. La carta aveva fatto da miccia.

Sin dal primo mattino progettava di stare sola, in silenzio, tornando dove i pensieri la portavano, sempre. Avrebbe voluto imparare a lasciar andare le cose, senza farsene troppo coinvolgere finalmente, ma sapeva che era meglio distrarsi con faccende di carattere pratico. Il piccolo appartamento di Parigi, per esempio, andava ristrutturato. Avrebbe cominciato sostituendo cose, magari abbattendo una parete per dare più luce, cambiando qualche mobile, buttando via vecchi oggetti. Aria nuova, pensava, dentro e fuori. Tende nuove, lunghe sino al pavimento, appoggiate a terra come un drappeggio. «Come lo strascico di una sposa» pensò.

Prendere e lasciare scorrere, pensare e abbandonare subito la mente, lasciarsi andare. A questo voleva allenarsi. Cercò la bottiglia di cognac, ne bevve un sorso, la appoggiò ai suoi piedi. Ne aveva bevuta già buona parte, sebbene fosse solo mezzogiorno, e la testa affondava lentamente nel torpore. Un fuoco appena nato disegnava riccioli di fiammelle, si contorceva fra i legni per mangiare spazio, a volte un tronco mezzo consumato cadeva con fragore e scintille, e cambiava l'assetto dei rami. E li spostava per rianimare, per evitare che la fiamma si esaurisse, per dare al fuoco tutto l'alimento possibile, senza sprecare legnetti rosseggianti, che offriva alla fiamma come cibo a un animale. Continuava a bruciare vecchie carte, lettere. Soffiava anche, di tanto in tanto, e poi si fermava incantata a guardare i fogli che si arrotolavano su se stessi in una frazione di secondo. I bordi annerivano come merletti frastagliati e poi seguiva una danza, una capriola, un avvolgimento sinuoso, prima che tutto fosse ridotto a cenere. Teneva i piedi, gelati, appoggiati alla lastra del camino. Quell'ora di tranquillità valeva più di interi giorni di vacanza, anche se meno frenetici, da quando gli ospiti erano partiti.

«Francis... Francis...» la mente ripeteva, instancabile, quasi senza accorgersi. Un nome pronunciato in sottofondo, inconsciamente, un richiamo, una invocazione. Bevve, e tornò a pronunciare: «Francis...». Non sapeva lei stessa il senso di quel rosario, sgranellato a tutte le ore, nelle sue giornate.

«Guardarti, piuttosto che vederti. E tu adesso mi manchi.»

Stava seduta, scomoda sulla sedia un po' alta, reggendo il libro con una sola mano e tendendolo verso la luce della fiamma, per leggere meglio, nella stanza volutamente buia. Sfogliando le pagine, la rosa rossa che aveva lasciato seccare scivolò fuori compiendo un piccolo volo a spirale. D'istinto, per recuperarla, inclinò il busto, protese un braccio, sporgendosi in avanti, troppo vicina al fuoco. Percepì un calore insopportabile sulla mano e sul viso. Con lo schiocco di una frusta il camino sputò un piccolo tizzone incandescente che finì sulla gonna. Si alzò in piedi di scatto, cercando un modo per soffocare la fiammella sulla veste, che cominciava a bruciacchiare. Urtò inavvertitamente la bottiglia che si rovesciò, spargendo cognac ai suoi piedi. Tutto stava succedendo così in fretta e lei era impreparata, lenta di riflessi. La stanza si era riempita di fumo, il fumo le toglieva ossigeno e la stordiva. Tossiva. Una mano a tapparsi bocca e naso, si chinò di nuovo nel preciso momento in cui una lingua di fuoco, bevendosi il liquido, prese forza, crebbe, divampò e attaccò il tappeto e le sue gambe. Il libro, abbandonato a terra, si accartocciava su se stesso, come se le pagine avessero trovato mani invisibili che le sfogliassero, una per una, prima di sbriciolarle e consumarle del tutto. Col corpo piegato in avanti, anche la sua massa di capelli fu ghermita e avvampava.

«L'insensatezza di tutto e di questo mondo» le passò nella mente in un lampo, solo questo, con lucidità, e si preparava a cedere, decise di lasciarsi andare, senza opporre resistenza, senza affannarsi a cercare salvezza. Cadde in ginocchio, piegata dal dolore e dal terrore, perché le gambe non la sostenevano più e, cadendo, pronunciò un flebile «oh...». Perse i sensi. La testa era una torcia e il rogo saliva alle spalle e la divorava. La fiamma si sviluppava molto rapidamente, ingoiandosi tutto ciò che poteva bruciare e il fuoco ingigantiva, con rumore spaventevole, correndo per la stanza, appiccandosi a legni, carta e tessuti, guadagnando terreno nelle altre stanze. La casa intera ne fu invasa.

***

La luce sembrava filtrata da un tulle trasparente. Colette osservava il volo in frenata di un gabbiano che aveva deciso di atterrare a un passo da lei, le ali aperte come scudi contro l'aria, le zampe protese in avanti.

«I miei occhi oggi sono stanchi di guardare» pensava.

Entrò in acqua quasi d'istinto, ma la temperatura era troppo fredda. Nuotava senza immergere la testa, svogliatamente. L'odore dell'autunno si insinuava sino al mare.

«Indugiare qui o tornare in fretta a casa?» pensava. «Che cosa mi aspetta oggi? Le inezie di una giornata di totale pigrizia. Potrò concedermi il lusso di una pausa?»

Sul sentiero che portava al paese, Bertrand e Bel-Gazou camminavano, di ritorno a casa, con il pane ancora caldo sotto il braccio.

«Guarda, sta spiovendo. Spiove qui, sulla strada, ma lontano il cielo è nero e tuona» diceva il ragazzo.

«Perché non posso fermare la crescita dei miei capelli, delle mie unghie, forse anche di...», la bambina interruppe la frase e puntò il dito verso la casa, in mezzo al boschetto. «Guarda, Bertrand, il nero viene da là, ma è un fumo denso. Sta andando a fuoco la nostra casa? È proprio quella la direzione...»

Dapprima affrettarono il passo, di tacito accordo, poi si misero a correre e non ci fu più parola fra loro, ma solo un presagio che faceva tremare le gambe a entrambi. Corsero a perdifiato e Bertrand le prese la mano per andare più in fretta e dirigerla, tagliando attraverso campi e cespugli, forsennatamente, gli occhi inchiodati al fumo che saliva alto.

Dal mare Colette lo vide, lo stesso fumo, che si alzava a grandi volute, nero, sempre più nero, quasi fosse disegnato da un carboncino, ma il tratto d'acqua dove stava nuotando le impediva di distinguere la casa. Capì al volo, tuttavia, e raggiunse la riva con un nuoto di potenza e di panico. Da due direzioni opposte i tre puntavano nello stesso luogo dove si sarebbero, alla fine, incontrati: troppo tardi per un appuntamento che mai avrebbero voluto darsi, tardi per intervenire. Colette, in costume, le braccia abbandonate, stava in piedi e non faceva altro che guardare; gli altri due si tenevano stretti, e fissavano, stupiti, sconvolti, il fumo e il fuoco che uscivano dalle finestre.

«Le mie carte, il mio saggio sul guardare... tutto distrutto!» Colette disse, senza disperazione. Era il primo pensiero, forse l'unico che il rogo le ispirava in quel momento. «Non posso credere che...»

«Hélène...» le fece eco Bel-Gazou, e nascose gli occhi nel torace di Bertrand, che la tranquillizzò: «Ma no, vedrai, sarà uscita. Certamente starà arrivando anche lei. Ora viene».

Riprese a piovere, ma quelle gocce rade a nulla sarebbero valse. Intanto arrivavano persone dai dintorni, dalle case vicine, dal paese. Qualcuno tentò di portare secchi d'acqua e di placare le fiamme. Non c'erano pompieri, e la casa avrebbe continuato ad ardere inerme. Arrivò invece la polizia, e cresceva la confusione. Colette era l'unica che non aveva perso la calma; le avevano messo una coperta sulle spalle e si teneva i lembi, dando istruzioni, rispondendo a domande, sino a sera con sotto il suo costume umido. E dopo aver fatto e detto quanto da lei ci si poteva aspettare, se ne stava zitta, ma il suo silenzio aveva qualcosa di impenetrabile anche per Bertrand che non osava avvicinarsi. «Le mie carte» ripeteva di tanto in tanto, «il mio lavoro bruciato, perduto.» Con il passare delle ore, mentre tutti si affannavano, Hélène non arrivava e *quel* pensiero cominciò a farsi strada, anche in lei, a divenire consistente man mano che il fuoco veniva domato o si lasciava lentamente estinguere.

***

«Posso udire il rumore dell'erba che cresce, come diceva mia madre di me quando ero piccola, il soffio di ogni filo d'erba che si muove, alto nelle dune. Con il mio olfatto di cane, so districare gli odori e dare un nome a ogni cosa che il naso percepisce. Ciò che non so capire lo scrivo, per comprendere. So scrivere, ma non ho saputo prevedere tutto questo, non l'ho impedito. Non avevo intuito che il fuoco si potesse prendere... anche la mia Hélène.»

Quando tutto si era consumato, erano andati a dormire esausti nella dépendance, risparmiata dall'incendio. Alle cinque, Colette era già in riva al mare, i piedi nudi in acqua, per la prima volta smarrita, lo sguardo molle, la testa staccata dal resto del corpo.

«La mia Hélène. Non sono stata capace di salvarti. Ecco, quando il mare ingrossa e viene ai miei piedi, così, con l'inizio di questa ultima marea che non nuoterò, io adesso ti chiedo "Dove sarai, mia guerriera disarmata?".»

Camminava. Niente avrebbe potuto trattenerla a casa. L'aurora l'aveva sottratta alla notte, passata quasi insonne, e spinta verso il suo mare, penetrato dal blu di settembre.

«Avrei potuto vedere questo nei tuoi occhi?»

Si chinò a raccogliere una conchiglia per metà divorata dall'acqua, la annusò. La gettò lontano, e il bastardo dal pelo ispido e dal naso marrone scattò per inseguirla. Poi, dimenticandosi di quanto aveva rincorso, andava verso l'acqua, senza riportarla.

«Da dove vengono queste onde? Quanta strada avranno fatto per arrivare sino a questa baia? E tu, in quale mare sarai adesso, Hélène?»

Nota al testo

Ho deliberatamente «rubato» a Colette alcune espressioni e immagini.

Di Colette ho consultato: *Romanzi e racconti*, I Meridiani, Mondadori, 2000; *Il mio noviziato*, Adelphi, 1981; *Il puro e l'impuro*, Adelphi, 1979; *La nascita del giorno*, Adelphi, 1986; *Sido*, Adelphi, 1989; *Mitsou*, Passigli, 2002; *Camera d'albergo*, Passigli, 2003; *Luna di pioggia*, Passigli, 2003; *Per un erbario*, Passigli, 2002; *L'ingenua libertina*, ES, 1992; *Lettres à Hélène Picard*, Flammarion, 1988; *Ma Chérie, Lettere con la figlia 1916-1953*, Donzelli, 2005.

Fondamentale il grande volume che raccoglie fotografie, documenti, testi: *Colette intime*, di Gérard Bonal e Michel Remy-Bieth, Phébus, 2004.

Su Colette, le seguenti biografie: *L'ABCdaire de Colette*, di Guy Ducrey, Flammarion, 2000; *Colette*, di Claude Pichois e Alain Brunet, Bollati Boringhieri, 2000; *Una vita di Colette, I segreti della carne*, di Judith Thurman, Feltrinelli, 2001; *Colette, Vita di una donna*, di Julia Kristeva, Donzelli, 2001.

Lo spunto per questo racconto, dove si mescolano realtà e fantasia, mi è nato leggendo il libro di Sandra Petrignani, *La scrittrice abita qui*, Neri Pozza, 2002. Poi, la storia ha seguito il suo corso sulle rotaie che l'hanno sostenuta: la passione per l'acqua, la necessità di parlare d'amore. Quando è arrivato in dono da John Lukacs (Baltimora) il foglio azzurro di Colette incorniciato, ho creduto davvero che fosse un segnale. Nel messaggio breve a un'amica, lei scrive: «*Bonjour, Marthe! Qu'est ce que c'est que ce fromage italien que vous avies l'autre jour? Pas de parmesan sans roche? Je vous embrasse Colette*».

Un ringraziamento agli amici che mi hanno incoraggiata.

Questo libro è stampato fabbricato da Grafica Veneta S.p.A.
con un processo di stampa e rilegatura certificato 100% carbon neutral
in accordo con PAS 2060 BSI

Finito di stampare nel mese di maggio 2023
per conto di RCS MediaGroup S.p.A.
da Grafica Veneta S.p.A., Trebaseleghe (PD)
Printed in Italy